餘命 88 天的我，遇見了同日死亡的妳

森田碧

目錄

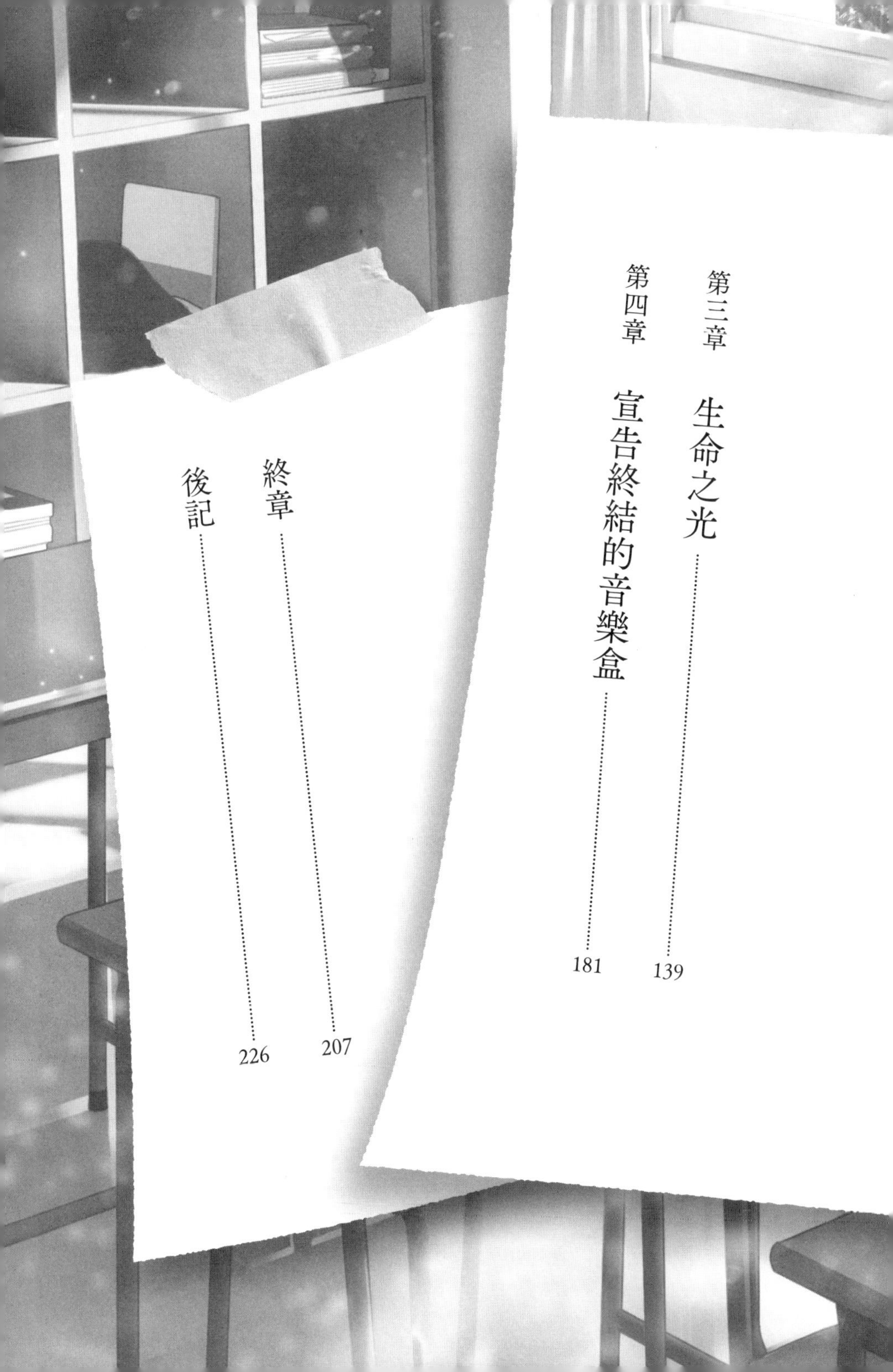

餘命 88 天的我，

遇見了

同日死亡的妳

序章

收到來自死神的凶報，是在傳訊息給他後差不多兩個禮拜的事。雖然我說的是「他」，但也有可能是「她」；畢竟人家是死神，說穿了可能沒有性別。不對，現在那種事無所謂，重點是死神的回應內容。如果他所述為真，那我可能就只剩下八十八天好活了。

對方回覆的訊息字面上寫著：『以這張相片的拍攝日期起算八十八天後』，所以正確來說，還剩下兩個月又多幾天而已。我之所以沒辦法不當真，正是因為依照某個知識平台網站的記載，這位死神——自稱『Sensenmann』人物的預言命中率，竟達到了百分之百。

所謂『Sensenmann』，在德語中似乎有死神的意思。倒也不是我精通德語，而是這項資訊也記載在那個知識平台網站上。

推特跟隨者數量超過十萬人的他，過去曾好幾次準確命中名人的死期，一度在網路上掀起騷動。基於個人興趣，我也跟隨了Sensenmann的帳號，成為透過螢幕旁觀的一份子。

『我無法看得見所有人的壽命，僅能知道誰的死期將近。只要將看得見頭頂的相片傳送給我，我會針對看得見壽命的人給予回應，臉遮起來也沒問題。』

看到這樣的推文，覺得很無聊的我一笑置之，並將螢幕畫面滑了出去。

儘管這樣，我之所以會在幾天後還是把相片寄給對方，只能說是輸給好奇心。如果要再舉出另一個理由的話，大概是因為上個月學校舉辦文化祭時，全班合照的相片傳到了我的手機上，不過這麼說的話是有一點牽強啦。

文化祭結束後，一個調皮的同學把班上同學聚集在黑板附近，把手機交給級任老師幫忙拍照。

那張相片幾天後傳送到我手邊，突然回想起Sensenmann的我抱著好玩的心態，傳了一則訊息給對方，並將相片列入附加檔案。班上如果有人餘命無多的話，應該會很有趣吧？這就是整件事的開端。

結果完全出乎意料。

幸好，我沒那種「如果不知道自己什麼時候死就好了」的想法，因此也沒感到多沮喪。我沒有將來的夢想，也沒有人生的藍圖。只打算上一間還可以的大學，如果畢業後能去一家薪水過得去的公司工作就更好了。

人遲早都會死。我只不過是比其他人早一點點而已。我甚至認為，反正死亡本來就無法避免，早一點反而更好。

我想必無法成為能在這個世界上留下足跡的人物。畢竟我既不會念書，也沒任何突出的才能。朋友很少，內心還抱持著無法跟任何人訴說的煩惱。

像「你還年輕，來日方長」之類的說詞並無法安慰我，在滿早的時期我就放棄人生了。所以就算有人說我會在八十八天後死掉，我也不會怨天尤人，更不會精神錯亂。不過，要說沒有任何一丁點懷疑的話，那也是假的。

在Sensenmann的回應中，明確記載了關於我和另外一個同學的壽命：

『在最前一列從右邊開始起算的第二個人，以及從前面開始起算第三列最左邊的人，以這張相片的拍攝日期起算，八十八天之後就會亡故』。

最前一列從右邊開始起算的第二個人，那個面無表情不知在看哪裡的學生就是我，不會有錯。

再來就是第三列最左邊的女學生。我記得是班級幹部，名字應該叫淺海……什麼的。她那俏麗的妹妹頭髮型，令人印象十分深刻，笑容滿面的她還做出了最大角度的V字手勢。

明明是個跟我完全沒有交集的人，為何會剛好跟我在同一天過世呢？

我並不害怕死亡，但就是想預先確認自己的死因。如果調查跟我同日死的她，搞不好可以掌握點什麼也說不定。

從那天起，我就開始調查那個跟我沒有講過幾句話的同班同學了。

第一章 三天的慌亂

雖說自己的終結之日已然可見，可我所處的世界這幾天依然沒出現任何變化。

像是外面的景色看起來跟平時不一樣、對以往虛度的日子感到後悔、或者是去珍惜存活的每一分每一秒之類的。我甚至以為在受到餘命宣告後，自己心中可能會萌生以往從未存在過的情感，但那些常見的心境變化並沒有來找我。

如果硬要說有什麼變化的話，大概就是我徹底停止將所有課堂上的板書抄寫到筆記本上了吧。就算不擔心下禮拜的期中考和下下個月舉行的期末考也沒關係，或許可以說是我唯一的救贖。

在我的筆記本上，取代板書的，是某個女同學的情報彙整。

就是那個坐在窗邊最前面的座位，現在正好打了一個大哈欠的女孩。

她的名字是淺海莉奈。根據這幾天的調查，她是「回家社」的人，沒在打工。搭公車上學的她到校時間比我早，離校時間則因日而異。有很多朋友，似乎不擅長學習，不過因為暑假的補救教學中沒有出現她的身影，所以成績應該比我好。國中的時候，她擔任過棒球社的經理。好像她仰慕的一個學長就在棒球社裡，但那段戀情沒有結果就破滅了。

據說並不是因為她不受歡迎，而是當她有所察覺的時候，那個學長已經有了女朋友。由於大家都斷言淺海莉奈是班上最可愛的女生，因此她在男生當中十分受歡迎。即便是我個人的印象，但以旁觀者的角度來說，不難感覺得出其他女生似乎也挺喜歡她。

人緣頗佳、沒有敵人，過著一帆風順的高中生活。單從外表來判斷的話，她離死亡應該相當遙遠。不過只要翻到筆記本的下一頁，這個印象就會翻轉。

當我翻了一頁的時候，宣告這一天課程結束的鐘聲響起，我停下手來，輕輕嘆了口氣，迅速把筆記本收進書包裡。

「崎本、崎本，今天的情報要兩百日圓，怎麼樣？」

當我站起身來準備離開座位時，坐在旁邊的關川裝出笑容來如此問道。他雖然身材微胖又戴眼鏡，不過絕對不會給人土裡土氣的感覺。只要減個肥再把眼鏡拿掉，應該會非常受歡迎，算是有點帥的男生。

上課時總在看少年漫畫的他，成績是班上第一名。他不管男女，對任何人都能輕易搭話，很快就可以跟對方混熟，是個擁有許多我所沒有特質的人。

進入十月以後，一大半學生的制服都已經換穿成西裝外套，但他還是穿著夏季制服。

「這不是比平常貴了嗎？嗯……兩百日圓啊。好我知道了，買啦。」

「很好！銘謝惠顧！」

我不情願的從錢包裡拿出兩枚一百日元硬幣，放在關川伸出來的右手掌上面。

他和淺海是同一所國中畢業，記載在我筆記本上的她的情報，全都是向關川付費獲得的。

雖然我跟他從一年級開始就是同班同學，但本來並不是特別要好。我沒想到他竟然是這麼小氣的傢伙。可是要在這個嚴酷的世界中生存下去，也許像他那樣的貪婪是必要的。

「很好，那我就告訴你吧。耳朵稍微靠過來一下。」

我將右耳往用單手遮掩嘴巴的關川湊近過去。

「淺海那傢伙……好像是處女喔。」

我沒用正眼去看那個笑得很不正經，還口水亂飛的說著「絕對別講出去啊」的鬮川，就離開座位。同時感到後悔，果然不應該付那兩百日圓的。

因為這是到目前為止最貴的情報，所以對此產生期待的我太傻了。平常大概都是一百日圓，第二貴的情報是淺海那一天的內褲顏色，鬮川當時用粗重的氣息說，那是他在強風日子的上學路上偶然看到的。儘管對我來說是無謂的情報，可我還是被收了一百八十日圓。

雖然我覺得這已經是一種勒索，但想打聽淺海的事，除了他之外沒有更合適的人選。畢竟這也兼具封口費的性質，因此我也無法抱怨。如果班上其他人知道我在調查淺海，可能會受到不必要的誤會。

最初我曾對是否應該向鬮川打聽淺海的事情感到猶豫，因為我擔心會讓他誤解我對淺海有好感。可是，我一個人完全沒能力進行調查。於是才心想就算被這傢伙誤解也無所謂，也豁出去問了淺海的事，雖說他並沒有挖苦、也毫不遲疑地將答案告訴我。但我確實被收了錢。

他大概只要可以拿到錢，之後怎麼樣都無所謂吧？

當我離開教室前往校舍門口時，淺海正在換鞋子。她將室內鞋塞進鞋櫃後，就和朋友一起走到外面。

我跟在她們後面，並保持一小段的距離。儘管平常我是騎自行車通學，可今天由於想跟蹤她，於是改坐公車上學。

雖然很像在死纏爛打，不過我已經接受了自己會死的事實。總之我對死因感到好奇，想知道自己的生命會怎樣結束。

Sensenmann只告訴我資訊傳播基本要素「5W1H」當中的一半而已。「何時（When）、何處（Where）、何人（Who）、何事（What）、為何（Why）、如何（How）」。現在這個時間點可以明確判定的，只有我和淺海會在七十一天後的十二月十五日死去。還差何處、為何、如何等三要素。

即便我傳送這樣的訊息：『請告訴我死因』，但至今仍未收到回覆。

儘管這幾天試著去思考，但我對自己會如何死亡完全沒有頭緒。畢竟我不覺得自己得罪過誰。雖然抱持著一丁點厭世的念頭，可目前並沒有自我了結生命的打算，如此一來用消去法推斷，最有可能的應該是意外事故致死吧？

為了確定自己的死因，我認為最好的策略果然還是打探跟我同日死的淺海莉奈，就這麼跟蹤她了。

淺海和朋友告別後，就去公車站排隊。我在等公車的人變多時也用一副若無其事的表情加入隊伍，一邊玩手機一邊等公車到站。

她會先去哪個地方晃晃呢？還是會直接回家？就在我突然回神，並對自己到底在幹什麼感到錯愕的時候，公車到了。

事到如今也不可能撤退，我只好無奈的踏上公車。為了不讓淺海發覺，我低著頭走過通道，在後面的空位上坐下。在前面的淺海讓全身跟著公車搖晃，一直凝視窗外。

淺海按下車鈴是在她搭車幾分鐘以後的事。我向關川打聽過她住家的大概地點（這項情報值一百五十日圓），可是現在下車應該還太早才對。她大概是要先去哪個地方吧？於是我也跟著她下公車。

這裡是市立醫院前的公車站。淺海完全沒有察覺到我的樣子，毫不遲疑的走向醫院大門。我從書包裡拿出筆記本，翻到了寫著跟她有關情報的那一頁。

根據我用八十日圓從關川那裡買到的情報，淺海從以前就因體弱多病而頻繁去醫院。即便我不知道是什麼病，不過據說去年她住院大約兩個月，甚至差點留級。

儘管沒有打探內幕的意思，可從她的行動看來，這個說法似乎就是真相。這樣一來，她的死因應該就是病死吧？果然要跟到醫院裡去還是讓我感到猶豫，雖然才剛下車不久，但我又去公車站排隊。

因為以前沒有特別注意所以一直沒有記起來，不過仔細回想，淺海上體育課時似乎經常在旁邊見習。

由於我並沒有平時就一直觀察她因此無法斷言，但我完全看不出她是個再過兩個月多一點就會病死的人。雖然有必要打探的再深入一些，可是像這樣偷偷摸摸的跟蹤女孩子，或是買情報之類的事，我已經不太想再繼續下去了。

雖說算不算正攻法會有點微妙，不過本來最好的方法應該是跟她打好關係並把情況問出來。然而，我有一個無論如何就是沒辦法這麼做的理由。

就在這個時候，手機顯示有來電，正好是在我剛下公車可以看得到自己家的時候。我將視線落在螢幕，上面顯示著『爸爸』。

「喂？」

「啊，對不起，阿光，今天加班會晚回家，我的飯就不用準備了。」

「這樣啊，我知道了。」

電話還不到十秒就掛掉了，我把手機收進口袋。儘管離自己家還有一段距離，但我還是從另一邊的口袋裡拿出家中鑰匙，握在左手中。

自從父母在我國中一年級的秋天離婚以後，我就和爸爸兩個人一起生活。雖然兩人住在獨棟房屋內感覺有些寂寞，但我打從心底裡認為爸爸跟媽媽離婚真是太好了。因為如果三個人繼續像之前那樣一起生活的話，我一定早就死掉了。

我開鎖進入空無一人的家中，小聲說了句「我回來了」，但回應我的只有寂靜，讓我更加孤單。本來今天打算做咖哩，不過如果不用準備爸爸的份，我就決定吃泡麵打發。

自從父母親離婚以後，家事便由我來負責。以前連米都洗不好的我，如今已能不看食譜就做出一桌好菜了。

離婚的原因是媽媽對爸爸施加家庭暴力（ＤＶ），再來就是對我的虐待及忽視。一般提到家庭暴力的話，大家的第一反應可能都會認為是男性對女性的暴力，但我家的情況卻完全相反。不過根據律師的說法，這種情況並不罕見。

尤其大部分是精神上的暴力，雖然肢體暴力也不是沒有，可如果要比較的話，前者更加痛苦。

我的母親是護理師，收入比身為中小企業基層職員的爸爸要多，我們家從以前就一直是女性主導的家庭。性格本來就軟弱的爸爸在母親面前總是抬不起頭，而母親可能因為職業的關係，特別容易累積壓力。只要在家，心情就幾乎沒好過。

母親對我特別殘忍。若哪次考試成績不好，或是回家稍微晚一點，總之只要讓她看不順眼，等著我的就是鋪天蓋地的責罵。如果稍微反駁幾句她還會動手，當時的我每天都在恐懼中度過。

「像你這麼笨的小孩，不可能是我的孩子。」

「你這種廢物根本不配活著。」

「你跟你爸一樣沒用啦！」

我就是聽著這種話長大的。久而久之，我逐漸覺得自己沒有生存的價值，以後也沒法成為有用的大人。

日復一日的語言暴力，讓我從小就飽受折磨。就算想出去跟朋友一起玩，還是會被媽媽關在房間裡強迫念書。媽媽甚至會故意不準備我的飯菜，讓我一連餓個好幾天，餓到胃痛為止，每天都過得十分悽慘。

好幾次放學後我都不想回家，在母親快要下班回家的時刻，甚至會因壓力跟恐懼而吐得到處都是。

最後，我在母親的長期虐待下得了恐女症。即便如今父母親已經離婚，一看到女性，我依舊會不由自主地感到害怕。

國中時狀況特別嚴重，班上女同學只要一跟我說話，我就會大量出汗、舉止怪異、甚至無法正常對話。還曾因肩膀被碰到一下便不自覺把對方推開，幾乎把班上所有女生都得罪光了。

當時，我只跟唯一跟自己關係不錯的男性朋友講過恐女症的事，他知道我的情形後便拚命為我辯解，結果卻產生反效果，大家開始捉弄並嘲笑我的恐女症。

上高中時我想讀男校，不過因為住家附近沒有，最後只好放棄這個念頭。我會那麼厭世，有一大半都可以說是拜恐女症所賜。

以前我曾上網查過有關恐女症的資訊。主要原因包括來自女性的霸凌或戀人的背叛行為，還有就是像我這樣遭受母親的虐待，因人而異。

國中時代的朋友鼓勵我去克服它，因此有次我便跟了一個男女合計四人的團，大家一起出去玩。結果最終依舊撐不下去，還不到三十分鐘就落荒而逃。

我已經接受了這輩子不可能會對女孩子動心的事實，而且對戀愛也毫無興趣。不過基於生存需要，關於恐女症這個毛病，還是要儘量去解決比較好。可不管我多努力，至今一直都不怎麼順利。

所以為了要了解淺海莉奈，我才會付錢給關川，用這種繞遠路的做法來收集情報。

學校從下星期一開始，便會舉行第二學期的期中考。平常我會在考試前一個禮拜採取應考對策，讓自己儘量不要不及格，但這次我徹底放手不管了。

雖說Sensenmann的預言命中率是百分之百，但那只限於公開發表的預言。他應該也會對像我跟淺海這樣的普通人做出餘命宣告，可像我們這種非公開發表的預言命中率就查不到了。如果我沒死的話可能會後悔沒念書，不過這並不是個大問題。

我一直在想，反正人總有一天會死。與其因意外事故或是被病痛慢慢折磨至死，我更想選定一個日子，按照自己的意願為人生打上休止符。到時我希望能盡可能用一種不痛苦的方式，在不給任何人添麻煩的情況下默默離去。

所以假使預言沒有實現，也不過就是延長了一點壽命。無論如何我都覺得沒差。

「啊，崎本。今天我收到了一個一百五十日圓的情報，要買嗎？」

考試結束，我正準備要回家的時候，關川微笑著用拇指和食指圈成圓形，如此問道。

我猶豫了一瞬後，出聲殺價。「便宜一點，算我一百二十日圓吧」。

當我把一百二十日圓付給苦著一張臉說了句「只有這次喔」的關川之後，他在我耳邊悄聲說道：

「淺海喜歡的類型是……認真的人唷。」

關川說完這句話就滿意的點了點頭，走出教室。雖然這是我隱約的直覺，但他可能誤以為我對淺海有好感，為了想更瞭解她才會買情報。因此他才刻意把淺海喜歡男生的類型、內褲顏色以及她是處女這種沒用的資訊設定了比較高的價格。

儘管他的誤解也不是沒有道理，不過我在內心決定從今以後只買便宜的情報，並跟著走出教室。內心嘟囔著這些情報到底是哪來的啊？

由於今天從一大早就下著大雨，因此我打算搭公車回家。如果是小雨的話我會騎自行車上學，不過今天因為颱風的影響雨勢非常強，所以我沒騎。

公車站已經有很多學生在排隊，我刻意佝僂著腰，排在隊伍的最後面。一抬頭往前看，便發現淺海單獨排在隊伍中。

我和她並非完全沒有交集，有時她沒先繞去別的地方，天氣又不好的狀況下，我們就會剛好搭到同一班公車。不過因恐女症使然，我從來沒跟她說過話。由於我總是儘可能的坐在離她較遠的位置，因此她也從未主動過來跟我搭話。

我坐上了幾分鐘後到站的公車，在握住吊環之後，公車緩慢的拖著沉重的車體出發。才剛發車沒多久，背後便傳來一陣聲音，讓我渾身僵硬起來。

「崎本，這邊、可以坐哦。」

我用比慢吞吞行駛的公車還緩慢的動作轉過身去，看到淺海正微笑著用手將雙人座旁邊的空位拍得啪啪響。

有一瞬間我們的目光對上，我立刻移開視線。一想到她居然主動跟我說話，我全身就不由自主地瘋狂冒汗。

她像是在追擊般又問了一句：「你不坐嗎？」。我對眼前意料之外的情況感到困惑，一時發不出聲音來。

「啊……不是……」

「嗯？」

「那個……沒關……係。」

我用宛若蚊子叫的音量如此表達之後，淺海只是低聲說了一句「是嗎」，便把耳機插入耳中。

我偷偷瞥了她的臉一眼，就再度背向她重新緊握吊環，深深的吸了口氣。

即使沒有把手放在自己的胸膛上，我也明白心臟正在加速跳動。握著吊環的手因汗水而滑脫，我又重新緊握回去，並用另一隻手從口袋裡拿出手帕，擦掉額頭上的汗水。

雖然跟國中時期相比多少改善了一點，但我只要跟女生交談就一定會變成這樣。儘管內心明白淺海不會像母親那樣侮蔑我或施加暴力。可即便如此，只要對方是女性，我的身體就會像這樣，出現排斥反應。

恐女症的症狀因人而異，我的狀況是出汗特別嚴重。

直到幾年前為止，我除了出汗以外，還會手腳顫抖、陷入恐慌狀態，甚至到了對日常生活造成阻礙的程度。雖然現在症狀有所減輕，但我認為要完全克服，大概是不可能了。

我在汗水乾掉時望向窗外，公車剛好經過淺海就醫的醫院公車站。看來淺海今天沒有先去醫院，她繼續戴著耳機，遠觀車外的景色。

「再見啦，崎本。」

因為車內空出來幾個位子，我就在前方的空位上坐了下去。

「哇！」

「啊哈哈，你反應太誇張啦！」

當我正在昏昏欲睡的時候，淺海從背後拍了拍我的肩膀，嚇得我整個人彈跳起來。公車正停在鐵路車站前面，看來淺海是在下車時順便拍了拍我的肩。

我的反應難道有那麼好笑嗎？她先是指著我說了一句「反應很棒！」然後咯咯笑著下了

車。

原本乾掉的汗水再度如潮水般大量湧出，身體一瞬間就濕透了。都怪今天車內太擠，害我不小心進入淺海的射程範圍，這真不妙。如果被她認定我是個好欺負的同學就麻煩了。我一面祈求不要變成這種情況，一面用已經濕掉的手帕擦拭汗水。

公車重新發動之後，我望向窗外，看到淺海對我揮手的身影。

這麼說來，好像明天也會下雨。我決定就算明天出現傾盆大雨也要騎自行車去學校，並用手帕擦掉沿著臉頰流下來的汗水。

回家後我脫掉濕透的襯衫，換上家居服，稍微休息了一下。沒想到淺海會主動找我說話，現在光想就會讓我再度冒汗。

當我打算沖個澡走向浴室的時候，手機收到了一則訊息。

『今天會和優子小姐一起吃飯再回家，所以不用幫我準備晚餐。』

我讓這則來自爸爸的訊息呈現已讀狀態後，便把手機放回口袋。優子小姐是爸爸大約一年前開始交往的女性。

大約兩個月前，爸爸突然冒出一句：「有件事要跟你說」，並當面告訴我：「有位讓我考慮再婚的人」。那是在暑假第一天晚餐前發生的事。

實際跟對方見面是在一個禮拜後。上完學校的補救教學回來的我，在附近的家庭餐廳第一次跟爸爸的交往對象會面。

先講結果，我把自己點的漢堡肉定食還留了一半以上沒吃，就從座位上離開了。優子小姐絕對不是壞人，反而是我比較壞。

她用溫柔的聲調對我這個始終沉默的人說話，但我沒辦法順暢應對。優子小姐比母親年輕五歲，可對我來說，她們是一樣的，我對中年女性的恐懼感依然十分強烈。

「如果你再婚的話，我就離家出走。」

我對回家的爸爸這麼說，之後足足有兩個月我們都沒再提這件事。

如果我死了，妨礙爸爸和優子小姐的人便會消失，他們就可以幸福地生活下去，可喜可賀可喜可賀。

我越來越覺得，自己果然還挺該死的。

期中考剛結束，馬上就發放了職場實習的作業表。這麼說來，我記得先前曾經在問卷中填寫了希望實習的職業。當時我毫不猶豫地在第一志願的欄位中填寫了『水族館飼育員』。

雖然我對這世界上的大部分事物都興趣缺缺，但其中卻有個例外，那就是海洋生物。而水族館對我來說，更可謂是心靈的綠洲。

我特別喜歡水母，家裡有幾本水母圖鑑，還擺設了水母布偶和桌上型的水母水族箱。就連學校規定要揹的書包上頭，我也掛上了從自己常去的「日昇水族館」購買的水母鑰匙圈。

以前我甚至考慮過自己飼養水母，不過最終因為實在太難照顧，所以只好放棄。畢竟水溫需要常保恆定，而且水母的適應水溫還會因種類而有所不同。

由於水母自身的游動能力很弱，因此必須配備水流製造幫浦。如果水流太強的話，會讓水母因撞擊水族箱而受傷，太弱的話則會讓水母沉到水族箱底，這種微調作業也很麻煩。重點是水母的壽命很短。縱使依種類不同，也是有可以活比較久的個體，不過基本上來說就是一到兩年。據說在初學者飼養的情況下，有時甚至只能活幾個禮拜到幾個月。

除此以外，飼養水母還要購買專用的水族箱並準備海水，總之非常費錢費力。水母體質脆弱，只要水質惡化或者是受到些微衝擊導致負傷，甚至會在極短的時間內死掉。對於從未飼養過生物的我來說，突然挑戰水母的難度實在很高。

雖說從自己家騎自行車到日昇水族館需要三十分鐘以上，可這點程度的距離基本上還是在我的行動範圍之內。那邊就在漁港附近，小時候我去過很多次，現在我還有一年有效的遊館護照。

國中一年級的時候，一跟母親面對面就感到痛苦不堪、導致不願意回家的我，一到放學就頻繁前往水族館報到。水族館是一個能治癒我脆弱心靈、給予我鼓勵的地方。

我從以前就一直想在那邊工作，即便是短期打工也好。升上高中，知道二年級會有職場實習這堂課之後，我就自顧自地暗暗開心。雖然可能會被罵，但我在第二、第三志願的欄位中也填寫了水族館飼育員。

我望著跟作業表分開發放的另一本職場實習手冊。在那本手冊上記載了到實習地點時的禮儀與注意事項，再翻一頁之後，還有誰去哪個職場實習的分組名單，每個地方的人數少則一人，多到五人，分散得還滿均勻的。

包括汽車維修工廠跟出版社、以及蛋糕店和幼兒園等職場在內，各式各樣的職業看上去都相當有趣。我查了一下關川會去哪裡，結果發現他選擇的並非情報中心而是拉麵店。

似乎是基於可以免費吃飯的理由，飲食店在學生之間頗受歡迎，關川似乎也抱著這樣的盤算。

當我翻到下一頁的那一瞬間，躍入眼簾的文字，讓我的思考倏地停止了。

・日昇水族館　二年三班　崎本光、淺海莉奈　二人

我一直以為，會選擇水族館的人就只有我。

不久前為了以防萬一，我還特意跟交情不錯的飼育員叔叔確認過，他說這幾年來實習的學生都只有一位。而且好死不死，另一個人竟然是淺海。汗水開始從我的身上滲出來。

我突然感受到視線，轉頭一望，發現淺海正從遠處的座位上看向我。

她的嘴唇動了動，似乎在說「請多指教哦」。我將頭微微低下，內心不斷揣測。因為她是班級幹部，搞不好她已經提前知道會和我一起去同一個職場也說不定。所以那個時候，她才會在公車裡主動找我說話嗎？

無論如何，下個禮拜我已經註定要開啟一段跟女生兩人共度的三天地獄時光。儘管知道有請假這個選項，可是我從很久以前就一直期待這個活動，而且也無法拋棄自己想要見識平常窺探不到的水族館幕後的渴望。

正當我抱頭苦思該怎麼辦才好的時候，坐在一旁的關川臉上掛著不正經的笑容，看著我開口。

「不錯喔崎本，跟淺海在同一個職場。」

「哪裡好了？可以的話我希望能自己一個人待著。」

「用不著那麼害羞也沒關係啦。雖說是我猜的，不過你告白的話她會ＯＫ喔。」

「最好是，我們連話都沒說過幾句。你就只是想尋我開心而已吧？」

在我冷冷的回話以後，關川補了一句「別生氣嘛～～」並用令人惱怒的聲音笑了出來。

「啊，話說回來今天的情報要一百三十日圓，怎麼樣？」

關川說完這句話，就用手指比劃出錢的模樣。

好貴。可是在這回或許能得到有用的情報。在誘惑之下我認輸了，把一百日圓跟五十日圓的硬幣交給他，並收下找回來的二十日圓。

「淺海想去的約會地點是……水族館喔。」

「……我就知道。話說，這種事希望你早點跟我講啊。」

正當關川哇哈哈笑起來的時候鐘聲也響了，他開始準備回家。

我再次抱頭苦思，這下該怎麼辦才好？

該怎麼做才能克服這一關呢？一直沒找到答案的我，就這麼迎接了實習到來的那天。實習會連著進行三日，之後要整理報告提交。

總之我鼓勵自己，只要專注在交付給自己的工作上應該就沒問題，然後騎上自行車前往日昇水族館。

由於是現場集合的關係，因此淺海應該會坐公車過來。昨天放學以後，淺海問我：「明天要不要一起過去？」，不過我委婉的拒絕了。當時我低著頭，儘可能的隱藏自己大量出汗的模樣。

毫不知情的她笑著說：「你怕熱呀」，我對她點頭致意，好不容易才撐了過去。該不會我的死因，就是在這三天出汗過度脫水而死吧？我一面想著這種蠢事，一面加速騎向目的地。

當我在集合時間的十五分鐘前抵達時，淺海已經先到一步，在水族館的入口等候了。因為我們被規定在來回路上都必須要穿著校服，所以她穿上了深藍色的西裝外套。

我把自行車停在停車場，正猶豫是不是要從緊急出口進去時，被淺海發現了。

「啊，崎本早安～～因為公車的時間不好抓，結果我提早三十分鐘到啦～～」

淺海往我這邊跑過來，眉毛彎彎地笑著。我往後退了一步，保持距離，並擠出不自然的微笑回應：

「這、這樣啊。」

「不過太好了！我還在想要是一個人該怎麼辦，而且和別班的人一起實習也挺尷尬的，有崎本在這真是得救了～～」

「啊……嗯，我也是。」

其實我一個人才好，不過這種話怎麼樣也說不出口。就跟我在教室裡的印象一樣，她果然是那種會積極跟任何人搭話的類型。或者應該說，她如果不講話就待不住，話語真的就像滔滔江水連綿不絕。

「我好久沒來這間水族館了。崎本你呢？」

「上禮拜……我來過。」

「超最近的啊。你是和誰來的呢？啊，我知道了，是關川吧？你們兩個感情很好嘛。」

她剛把話說完我就立刻否認：「不對」。雖然我身上的汗已經多到非比尋常，但還是強裝鎮靜，如此回答。

「我、我就是一般般的、一個人來。」

「啊，是這樣啊。這種地方你一個人來，感覺很成熟呢。」

可能是在體諒我吧，淺海沒有繼續追擊。

「那麼，今天開始這三天請多指教囉。」

我沒辦法去握她伸出來的右手，只好低頭說了句「請多指教」代替回握。

淺海回了一聲「嗯」便收回右手走進館內。她看起來並沒有不高興的樣子，讓我鬆了一口氣。我從口袋裡拿出手帕，把額頭和脖子上的汗水擦掉。

面對回頭過來說「快點走吧～～！」的她，我微微舉手作為回應。

我實在無法理解，如此活潑開朗的她真的會在兩個月後死掉嗎？即使會死也不會是病死的吧？如此擅自決定的我以小跑步進入館內。

我按照手冊上記載的說明事項向其他飼育員問候，並拿到了兩件水藍色的ＰＯＬＯ衫。這就是飼育員的制服——我一直憧憬有朝一日自己也要穿上去的ＰＯＬＯ衫。

油然生起一股小小的感動的我被帶到更衣室，換好衣服。因為下半身的服裝我是帶了學校規定的運動褲過來，所以便把那件深藍色的褲子換穿上去。

淺海比我晚幾分鐘從更衣室出來。她那俏麗的身影讓我內心悸動了一下。活潑的她與清爽的藍色相當搭配。

「那麼，首先就請你們把竹筴魚切碎，作為小魚的飼料吧。」

照顧我們的人，是一位名叫佐伯、年約三十歲左右的男性職員。他在我還是小學生的時候便在這裡工作，我這個常客跟他當然很熟。

我從以前就經常問他有關海洋生物的事情，不管我的問題是什麼，他都願意回答。雖然現在我叫他佐伯先生，不過在我還是小學生的時候，我都會叫他博士。

「崎本，今天我接待的不是客人，而是身為飼育員的你，所以會嚴格一點喔。」

走在前面的佐伯先生回頭看了我一眼便這麼說。我回答了一句「還請您手下留情」。

「你們認識呀。」

「……嗯。」

「好厲害。總覺得，好緊張。」

「嗯，是啊。」

理由不同卻都很緊張的我們，被帶到了飼料調配室。

魚腥味刺激著鼻腔。淺海明顯皺起了眉頭，但她迅速回到原來的表情。

「只要像這樣，切成魚類方便進食的大小就可以了。」

佐伯先生以熟練的動作為我們做示範。

「崎本你的刀工真好。」

當我用靈巧的動作處理要當作展示用魚類飼料的小魚跟魷魚時，淺海看著我的手以佩服的口吻這麼說。

「因為我平常有在做飯。」

「哇啊～～好厲害！是媽媽教的嗎？」

「媽媽」這個詞一出來，便讓我的手瞬間僵住。雖然她探頭看著極力保持沉默的我，但我沒肯定也不否定，就是一心處理著魚肉。

淺海似乎也不介意，只專心地跟手中的魚肉搏鬥。她在每次下刀時都會發出「哇～～」或「哦～～」之類的謎樣聲響，連佐伯先生都被她那危險的刀工嚇出一身冷汗。

她真的很鬧，甚至會讓人以為是不是生了一種不一直講話就會死的病。不過她的健談，似乎讓其他幾位飼育員頗為開心。

我們把切好的魚肉放進飼料桶，然後跟在佐伯先生後面去餵食。我對平常看不到的水族館幕後充滿興趣，忙著左右轉頭四處張望。心中又一次覺得，勉強自己過來是正確的。

餵食結束以後，為了要確認水溫，我們一起前往主水族箱所在的展示室。根據佐伯先生的說法，水溫要按照魚的種類進行調整；像是淡水、海水，以及淡水與海水混合的半鹹水之類的水質，也要配合魚的需求進行調整。我當然知道這些事，而淺海則是一面寫筆記，一面時不時誇張地點頭。

接下來我們幫忙清潔水族箱。雖然很想就這樣一直工作下去，不過最終還是和淺海一起去午休了。

「工作真的很辛苦呢，好久沒有流那麼多汗了。」

在四張細長的木桌排列成「口」字形的休息室裡，淺海把自己帶來的便當盒打開，喝了一口寶特瓶裝的茶飲料，深有所感的這麼說。

「這個嘛，畢竟飼育員是滿耗體力的工作。」

我在裝出一副自己就是飼育員的模樣如此回答以後，便在距離淺海最遠的折疊椅上坐下。這樣的距離才能讓我勉強保持平常心。

「的確是這樣沒錯呢。我沒什麼體力，可能不適合這份工作。」

「啊，可是這裡也有好幾位女性飼育員呀。如果習慣的話，說不定做得來哦。」

「…………」

「…………」

「我好想試試看餵企鵝耶。」

我判斷她並不是在丟話題給我，而是在自言自語，所以沒有回應，默默的把便當裡的菜送入口中。為了撐過眼下的場合，我催眠自己，不管被問了什麼都只要隨便回答就好。

仔細想想，和女生兩人單獨共處一室吃午餐，對我來說可謂是十分異常的狀況。如果這裡是學校的話，我馬上就會從教室衝出去，跑到空教室或屋頂避難，可是今天不能這麼做。我把淺海還沒有停下來的自言自語當作背景音樂（BGM），繼續用白飯塞滿臉頰。

「該不會那個便當也是你自己做的？」

「……嗯？啊啊，這個嘛，是這樣沒錯。」

她突然對我出聲說話，我慢了幾秒鐘才回答。就像一個唱到現在還很嗨的歌手，毫無預警的把麥克風對向觀眾一樣。這種太過突然的狀況讓我又開始冒汗。

「好厲害啊～你的女子力比我還高呢。讓我看看，看一下你的便當啦。」

淺海一邊說一邊從座位上站起身，手裡拿著筷子往我這邊走過來。

「炸蝦跟炸雞塊、煎蛋捲。這些都不是冷凍食品，全都是你做的？」

「嗯，因為我不太喜歡冷凍食品。」

我拉開椅子，和探頭過來看我便當盒的淺海保持距離。我聞到一股清新的柑橘香，應該是香水吧？

「我也想學做菜～」

「…………」

我決定不對詢問以外的話語有反應，在淺海走回去以後就繼續吃便當。雖然她說了一句「下次教我吧」，不過我對這算不算詢問感到猶豫，於是刻意咳了一聲糊弄過去。

「對了，要去看十二點半開始的海豚表演嗎？」

吃完便當以後，淺海用興奮的聲調這麼問我。這裡的水族館每天都會在固定時間舉行海豚表演節目，今天第二場表演即將開始。

因為這是問題，所以不回答不行。

「我就不去了，之前看過很多次了。」

我沒有看她，而是一邊玩手機一邊回答。

「可是，不一定每次表演都一模一樣嘛。看海豚的身體狀況或者是心情，表演說不定會不同哦。」

「…………」

確實她說的沒錯，海豚在某些日子所展示的動作會呈現出微妙的不同，還會製造讓人類無法預期的意外驚喜。雖然我覺得自己已經看過接近一百次表演了，不過發現這些細微的不同也是一個樂趣。

「崎本、淺海。因為最後一天我們要請你們協助海豚表演，雖說在休息時間找你們不好意思，不過要不要去看一下？」

才想說休息室的門打開是怎麼回事，結果佐伯先生一開口就提出這樣的要求。淺海氣勢洶洶的起立，這麼說道：「我們現在正打算過去呢！」

我一面嘆氣一面從座位上站起身來，心不甘情不願地跟在他們後面。

儘管不是假日，可這座被稱為「海豚劇場」的場地還是聚集了攜家帶眷跟成雙成對的人群，相當熱鬧。看來表演才剛開始，我和淺海連忙在後排座位坐下，兩人之間隔了三個人的距離。

三隻海豚隨著訓練師的手勢，在水池中向四方盡情游動，有時向上跳躍讓水花飛濺、有時在空中原處迴轉，接連展示各項特技。

每次表演成功的時候，淺海都會像孩子一樣讚嘆連發，像是「哇啊～～」或「哦哦～～」之類的。

接下來她拿出手機錄影，並喊了一句「加油！」開始聲援海豚。因為我其實已經看膩了，所以沒辦法像她那樣發自內心感到喜悅。

在大約二十分鐘的海豚表演結束以後，淺海似乎相當感動，一個人起立鼓掌。

我在小學生的時候第一次看海豚表演，記得當時也感動到跟淺海一樣興奮的大叫。那時是全家一起來的，而且還是在我為恐女症所苦惱之前的事，我對人生也不悲觀。

即使表演結束，觀眾陸續離場時，淺海依舊望向那些海豚。我默默的注視她的側臉。有那麼一瞬間，她臉上的表情略顯憂鬱，讓我特別有印象。

下午我們被帶到館內各處，看了水族箱中的魚類介紹，位於後場的設備以及基於研究用途而飼養的魚類、烏龜等生物。

「崎本你知道嗎？鮪魚如果不持續游動的話就會死哦。」

當我們發現在館內最大的環場水族箱中優雅游動的鮪魚時，淺海用洋洋得意的表情這麼說。

「我知道。鮪魚因為不能用自己的力量開啟或關閉鰓蓋，所以如果不持續游動的話，就會讓鰓因封閉而導致窒息。牠用一種叫做撞擊換氣（ram ventilation）的呼吸法張開嘴游動，讓海水通過鰓，取得溶解在其中的氧氣來呼吸。因此鮪魚從出生到死亡都必須要持續游動。這點事情我當然是知道的。」

要在好幾個年頭都會有將近一百天來這裡報到的我面前炫耀海洋生物知識，妳還早個一百年咧。淺海一臉驚訝地看著我。

「某種意義上來說，這魚跟妳很像。」我對不持續講話就好像會死的淺海脫口說道。

「咦，怎麼說？我可沒有做甚麼撞擊呼吸法哦。」

我把沒有察覺到我的諷刺的淺海留在原地，往後場走去。

就這樣，第一天順利結束了。

「辛苦你們了，明天也請多指教。」

面對佐伯先生的致謝，我和淺海各自說了一句「真是謝謝您」表達感謝，接著便換上制服，離開水族館。

我想在淺海換好衣服之前先回去，於是快步走向停車場。正當我開鎖到有點卡住的時候，背後傳來一聲「啊，在這裡在這裡」，嚇了我一跳。

「我們一起走回公車站吧。」

「……對不起，今天我有點事。」

「啊～～是哦。」

我用不知道可不可以讓她聽到的微妙音量碎念了一句「辛苦了」，然後騎上自行車，踩下踏板。

「辛苦你了，明天見哦～～」

我裝作沒聽見，用起身踩踏板的姿勢使勁加速，離開了那個地方。

我先到超級市場採購晚餐的食材之後才回家。因為爸爸有通知說他今天也會晚些回來，所以我自己做了親子丼，一個人把晚餐解決掉。自從爸爸開始和優子小姐交往後，我一個人吃晚餐的日子變多了。

我躺在自己房間床上，點開手機螢幕，開啟推特。果然，我傳送給Sensenmann的訊息別說回覆了，連已讀記號都沒有出現。

接下來我啟動相片應用程式，開啟了那張文化祭後全班合照的相片檔案。

——在最前一列從右邊開始起算的第二個人，以及從前面開始起算第三列最左邊的人，以這張相片的拍攝日期起算，八十八天之後就會亡故。

死神傳送過來的話語突然在我腦海中閃過。我和淺海真的會在八十八天後——不，五十九天後死掉嗎？為什麼我和淺海會同日死呢？我們會在哪裡又會怎麼樣失去生命呢？不管我怎麼思考，還是無法想像出來。

相片中的淺海天真無邪的笑著。她不知道自己馬上就要死了，我是否應該要告訴她死亡逼近的事呢？

如果我告訴淺海的話，她會有什麼反應？我滿想知道的。她那開朗到無極限的笑容會在那一瞬間崩潰嗎？她那持續講個不停的嘴巴會緊閉起來嗎？

先不論恐女症，跟一個馬上就要死的人來往，會讓我心情複雜。我想把自己的事先放一邊，並主動這麼問她：「妳真的會死嗎？」

是告訴她才算為她好呢？還是保持沉默才算為她好呢？我並不清楚。

職場實習第二天早上，我感到身體沉重，無法如自己的意從床上起來。並不是因為受到勞動過後的疲勞感侵襲才會這樣，真要回答的話，人的因素還比較大一點。

不用說，淺海就是那個因素。儘管我表現出對答如流的樣子，不過對我來說，跟女生兩人獨處果然不是件輕鬆的事。比起肉體的勞累，精神上的疲勞感更是沉重，我在大幅超過了預定的起床時間之後，才勉強從床上掙脫出來。

當我離開房間時，正好爸爸也起來了，他打了一個哈欠並這麼說：「怎麼，睡過頭了？」

我含糊回話之後就急忙打理服裝儀容，沒吃早餐就直接走向玄關。我們在早上都是各自順手搞定，所以通常不做早餐。

「記得你是今天開始職場實習吧？加油啊。」

就在我繫鞋帶的時候，爸爸從客廳探頭出來這麼說。

「嗯，我走了。」

其實是昨天開始啦。不過我沒解釋便離開家門。雖然爸爸張口似乎想說些什麼，但他只回了一句「路上小心」就把頭縮回去，應該是打住不講了吧。

他可能想找個時機再次提起優子小姐的事，不過判斷現在不是時候。其實我馬上就要死了，所以並不會在意，可這種話果然還是說不出口。

我抵達日昇水族館的時候，是在集合時間的三分鐘前，淺海已經先換好衣服，在更衣室前面等我。佐伯先生也在旁邊。

「崎本你太晚到了啦～～都快要開始了耶。」

我一面跑步一面對他們兩人鞠躬說了聲「抱歉」，然後衝進更衣室。當我迅速換好衣服走出更衣室後，就跟昨天一樣第一站直接前往飼料調配室。

我配合進食生物的口部大小，將小魚跟魷魚切成小塊。平常完全不做飯的淺海也不會在一天之後就練出高超技巧，因此今天還是笨拙的把魚切成三塊。

在餵過跟昨天不一樣的海洋生物、清潔水族箱並清掃用來維持水質清澈的快濾池過濾器以後，我不抱期待的說了一句話：「我也想餵水母飼料」。

雖然佐伯先生並不負責水母，不過他爽快同意了我的請求，可能是因為知道我喜歡水母的關係吧？

「那麼，就讓崎本來餵海月水母吧。」

佐伯先生帶我到水族箱後面，教我餵食方法。海月水母的身體中央有一個很像四葉幸運草的圖案，據說是日本境內最常見的水母，也是中元節的時期會在海中大量出現的那種水母。

「這個圖案好可愛。是眼睛嗎？」

淺海探頭看向水族箱的內部，拋出了一個無知的問題。身為水母狂熱者的我血氣騷動起來，在佐伯先生開口之前就搶先回答了：

「這個不是眼睛，而是胃。因為牠的身體是透明的，所以飼料給下去就可以用肉眼辨認牠是不是好好進食了。」

佐伯先生笑著說道：「真不愧是崎本」。

我照他的指示以水族箱的中央為目標，用滴管將飼料滴進去。由於水流在水族箱的中央會變弱，能讓飼料的滯留時間比較久，水母也容易捕食。這麼深的原理，就算是我也還不知道。

順帶一提，飼料是一種叫做豐年蝦的橙色浮游生物，進食過後的海月水母的四葉草圖案會逐漸染成橘色。

「哇！身體正中間變成橘色了！」

我把張大眼睛驚訝不已的淺海留在原地，走到下一個水族箱。想不到餵食水母的日子竟然會來臨，簡直就像做夢一樣。

餵食結束以後，我和淺海就去午休。

因為今天早上我沒有時間做便當，所以我在館內的食堂點了豬排咖哩飯。雖然這裡菜單中的所有餐點我都吃過了，不過豬排咖哩飯特別好吃。

我們坐在靠窗的座位，跟一般遊客一起吃午餐。

日昇水族館位處高地，無論是從食堂的窗戶眺望或者是走到露天平台，海景都能一覽無遺。由於昨天在職員用的休息室吃便當的時候看不到海，因此我決定明天也不帶便當，就在這裡吃。重點是，和淺海兩人一起吃午餐真的很痛苦。

從這裡還可以看到摩天輪。那是由水族館經營的摩天輪，我也坐過好幾次，可以一覽無遺的觀賞海景，人氣旺到在假日時甚至要排隊的程度。

吃完午餐以後，我在館內四處探索，看到淺海在海豚劇場的身影。表演正好進入高潮，海豚們完成高難度的動作，劇場內響起盛大的掌聲。淺海跟前一天一樣露出深受感動的表情，她向訓練師和那些海豚鼓掌，熱情讚嘆著。

那天真無邪毫無一絲陰影的笑容，也會因為我的一句話就消逝嗎？果然還是告訴她比較好吧？還是應該要保持沉默呢？我又一次煩惱不已。

我覺得如果是我，絕對是希望人家跟我說。關於自己的壽命還剩幾天的問題，有人會像我一樣期盼知道，當然也會有人拒絕知道。淺海會是哪一種人呢？與其突然告訴她餘命的事情，也許先問她這個問題會比較好。

正當我在想這些事情的時候，無意間跟剛結束鼓掌的淺海對上眼。她微微一笑，這個動作讓我嚇了一大跳，立刻移開視線。

「哎呀～那些海豚太可愛了，不管看幾次都不會膩，好想騎在牠們背上哦。」

淺海趁我將視線稍微移開的時候來到我身邊，她凝視著那些從劇場水池游動離去的海豚並這麼說。

我照例沒去回答淺海自言自語一般的碎念，即使這樣她也沒有在意，繼續滔滔不絕的講話。從淺海那身影看來，她似乎只是喜歡講話而已；就算沒有人在對話中接球回應，她光是單方面發表話語好像就滿足了。因為只需要聽聽就好，對我來說也是件好事。

下午，我們在海豚劇場進行明天表演的彩排。雖說是彩排但也沒那麼誇張，我和淺海只需要做一些表演的輔助工作，沒有什麼困難的事情。

淺海一面不安的詢問：「不會咬人吧？」一面觸碰海豚的鼻尖。虧她先前還那麼有精神，現在卻膽小起來，有點遜。

淺海一舉起右手海豚就往指示方向游動，完成華麗的跳躍；同時水花四濺，濺濕她的頭髮。即使變成溼淋淋的模樣，淺海也毫不在意，全力以赴完成自己的工作。然而我卻在拚命閃避噴過來的水花。

淺海不管做什麼任何事都很認真，我對她這點頗為欣賞。她光是待在那裡，就能讓整個場面放輕鬆，令大家也跟著開朗起來。回頭想想，她在教室裡也是一樣。

那是在五月初所舉行的體育祭最後一場活動，班級大隊接力比賽當中出現的一幕。在接近終點的時候，原本領先的我們班上，有一個女同學跌倒了。我們的作戰計畫是讓不太擅長運動的她跑倒數第二棒，並在最後一棒迎頭趕上。結果這一跌影響到成績，我們最後在七個班當中排名第六，結局不如人意。

如果在那次大隊接力比賽中第一個通過終點，我們班甚至會獲得總冠軍，所以回到教室以後，氣氛糟糕到極點。這是在重新分班之後的第一次大活動，大家都很積極的想要加深班上的團結，可是我感覺似乎出現了裂痕。

「如果那傢伙沒跌倒的話，我們早就是第一名了吧。」

到最後連這麼無情的話都能讓我聽到，甚至級任老師也不知所措。

在這種時刻挺身而出的人便是淺海。她走向那個跌倒的女同學的座位，並這麼說：

「我認為谷口是ＭＶＰ。她明明跌倒還傷了腳，還是馬上站起來把接力棒交出去。我覺得如果是我的話，可能一跌倒就會感到丟臉，然後就笑著慢慢跑把比賽混過去。可是谷口到最後都沒有放棄。我們沒有變成倒數第一，都是多虧有谷口哦。」

淺海的話沒有人反對。真不愧是班級幹部啊，我以感嘆的眼神看著她。

接著她用開玩笑的語氣這麼說：「不過嘛，沒出場比賽的我說這些也有點怪怪的啦。」

「除了我以外的大家都是ＭＶＰ！這樣的青春也不壞呢。」在她最後做出了這樣的結論以後，直到剛才還瀰漫在教室的險惡氣氛瞬間消散，同學們又恢復了笑容。

淺海在那一天因為身體不舒服，從第二場活動開始就缺席了。之後她徹底進行聲援工作，在幕後支持大家。她一邊咳嗽一邊比任何人加油的都大聲，持續鼓舞班隊。班上同學都知道這一點，所以淺海的話特別有影響力。她的四周總是明亮開朗，她光是待在那裡，就能讓整個場合和樂融融。

連在水族館這邊也一樣。

「海豚好聰明啊～說不定比我還聰明哦。」

換好衣服的我，一面讓淺海的自言自語從耳邊流過，一面走出水族館。

我走到停車場時，淺海也跟到我背後。一路上她都在一個人不停講話。

「明天就是最後一天囉～就這麼結束還滿寂寞的耶。」

我默默解開自行車鎖，把包包放進置物籃。儘管就這樣直接騎走也行，但我決定和淺海保持距離並推著自行車走。連我自己也不太清楚，為什麼要這麼做。只是隱約覺得，今天這麼做也好。

「話說回來，崎本為什麼會想在水族館實習呢？」

淺海對走在前面的我的後背如此詢問。我沒有停住，也沒有回頭看她，只老老實實地回答。

「只是單純因為喜歡而已。來這裡可以忘掉討厭的事情，總感覺很安心。像是傷心的時候、有難過事情的時候、甚至在沒什麼事的時候，我都會來。我想看看平常見不到的水族館幕後，因此才會選這裡。」

在我說完這段話以後，我們之間沉默了一陣子。也許是我講太多了，畢竟自己只要一聊到跟水族館有關的話題就會渾然忘我，也不打算回頭，繼續眼觀鼻鼻觀心，直直看著前面走路。

「總覺得，我可能有一點懂你的意思。水族館不但夢幻而且美麗，應該說只要踏進去一步，就能體會到非日常的感覺，而且好多魚看起來都很療癒。」

淺海在慢了幾拍以後，開口認同了我的想法。因為以淺海的標準而言，這段話說得實在不錯，所以我回了一句「沒錯沒錯」。結果她笑著說：「崎本你在聊到水族館跟魚的事情的時候，回答就很清楚呢，總覺得很有趣。」

即使這樣，我還是沒有回頭。雖然被她這麼說，但我並不感到討厭。

「那麼，我要去坐公車了。」

我回頭瞥了一眼，淺海正揮著手往公車站的方向走去。

「啊，我說……」

我脫口叫住她，隨即感到後悔。為什麼我會主動開口，就連我自己也不清楚。也許是因為從昨天開始就一直在想的事情還在腦海中盤旋不去，讓我下意識的發出聲音。

「嗯？什麼事？」

淺海回過頭來，張大雙眼看著我。

「呃，這個……Sensenmann這個人，妳知道嗎？」

明明是我自己主動搭話，心情卻瞬間動搖，不自覺地把這句話說出口。可是我覺得這不是個壞問題。比起突然告知她餘命無多，更應該先照順序說明才對。儘管汗水在我的臉頰上流動，不過我沒去理會，等待淺海的回答。

「Sensenmann？那是什麼，少年漫畫的主角嗎？我不太看漫畫所以不熟哦，對不起。」

淺海在她的胸前雙手合十，帶著歉意說道。

「啊，不是，我不是這個意思，呃，該怎麼說，就是……」

我一直講不出完整的句子，淺海則歪著頭一直盯著我看。我無法忍受她的目光，只好自言自語了一句「對不起，沒什麼」表示歉意，隨即騎上自行車，像逃跑一樣離開那個地方。

雖然我聽到背後傳來淺海叫我的聲音，不過我沒理會，拚命踩踏板。

果然，我根本沒辦法說出口。說穿了，光是能不能讓她相信，這個問題就讓我很不安。如果我把她的餘命告訴她，或許她就不會虛度剩下來的時間，但我也認為這是一件非常殘酷的事情。再說，如果死神的預言落空的話，我就只是在讓她恐慌而已。

可是，知道別人的餘命卻只藏在自己心底，這種事可以被原諒嗎？

不對，我記得她確實罹患某種疾病，如果告訴她的話，她的病情恐怕會因受到驚嚇而惡化。

路。

在這兩個選項之間搖擺不定的我，於太陽即將西沉的秋日天空之下，高速越過漫長的下坡

實習的最後一天到了。今天我可以順利的從床上起來，不過可能是因為昨晚太煩惱睡得不夠好，讓我總覺得有點睡眠不足，頭重重的。

我打理完服裝儀容以後便離開家門。到最後，我決定先暫且先不跟淺海提有關她死期的事，而是先去確認她的死因。她是如何過世的？跟我的死亡又有什麼關聯？

首先我決定直接詢問疾病的事。淺海罹患的疾病是否到了致命的程度？如果不是的話，病死的推論就不對了。

因為這是很敏感的問題，所以我一面騎自行車，一面思考要怎麼開口。是裝出一副沒神經的樣子直接問呢，還是用暗示的方式引導等淺海自己說呢？我還沒找到答案，就看到水族館了。

「早安！今天你沒有遲到呢。」

一大早就聽到淺海刺耳尖銳的聲音，讓我皺起了眉頭。嚴格說來，昨天我也沒有遲到，不過因為這不是值得刻意糾正的事，所以我沒回應。

我在內心決定等回去時再詢問疾病的事，並進入館內，從職員專用門走向更衣室。早早就出現依依不捨心情的我把衣服換好後，便跟佐伯先生一起走向飼料調配室。

「早安您好！雖然實習到今天就結束了，不過還是請大家多多指教到最後！」

一進入飼料調配室，淺海就很有禮貌的向工作中的其他飼育員打招呼。因為她深深低頭鞠

躬，我在慢了幾拍以後也學她行禮。

「莉奈、崎本，今天也請你們多指教。」

一位女飼育員這樣對我們說。女飼育員們都直接叫淺海的名字，從第一天開始就很疼她。

今天，淺海依然很吵鬧的切小魚。周圍的飼育員也帶著笑容跟她聊天說笑。淺海身邊總是笑聲不斷，和她相比，我只會默不作聲把工作完成。有時候淺海也會對我說話，但在我冷淡回答之後就又默默繼續手上的動作。即使我的反應很差，淺海的嘴角依然保持著柔和的弧度。

我一邊處理小魚，一邊用眼角偷偷看著她。

儘管淺海一直在講話，但她同時也認真地確實完成了分配給她的工作。表情豐富的她在出錯的時候會皺眉頭，被稱讚的時候則用滿臉笑容回應對方。

看著她變化多端的表情，讓我想起能夠瞬間改變體色的「奇氏似弱棘魚」（Hoplolatilus chlupatyi），忍不住自顧自的笑了出來。

我們在把小魚切塊完成以後，就前往環場水族箱給裡面的魚群餵食，這項工作結束以後繼續進行水溫檢查以及熱帶魚水族箱的清潔作業，完成了上午時段的例行職務。

這天的午休時間，我跟昨天一樣在食堂購買餐券，連續兩天點了豬排咖哩飯。今天一般遊客不多，所以我可以悠閒的坐在景觀良好但數量有限的靠窗座位上。海浪很大，海面有些波濤洶湧。

當我拿著自己點的豬排咖哩飯回到座位時，淺海已經坐在我旁邊的椅子上，打開了她的便當盒。

「這邊，景觀好棒哦。有這麼好的地方要跟我說呀～～」

淺海僅以眼珠向上，一直看著手上一盤分量豪邁的豬排咖哩飯、整個人僵住不動的我，以不滿的語氣這麼說。我用她聽不見的音量輕聲嘆了口氣，不過，我覺得不用刻意移到別的座位也沒關係。在自顧自的做出這個結論以後，我就坐下並開始將午餐送入口中。

「話說，妳把自己帶的便當拿到食堂裡來可以嗎？」

「嗯。我問了食堂的阿姨，她特別允許了。」

「啊，是喔。」

允許這種事不好吧。我在內心一邊對食堂的阿姨這麼抱怨，一邊啃豬排。即使旁邊坐了一個不好相處的女生，這邊的豬排咖哩飯還是很好吃。

「下午的海豚表演很令人期待呢。如果能順利進行就好了～～。」

雖然這句話不是問題，但我還是一面咀嚼豬排一面回了一聲「嗯」。

我們將以助手的身分參加今天下午三點舉行的海豚表演。在海豚完成技巧時要餵牠飼料作為獎勵，還需要觸摸海豚的鼻尖，或者要舉手下達指示。不過由於主要負責的訓練師會待在現場，因此這些其實誰都可以做的事情就交給我們執行了。

「我說，今天實習結束以後，要不要一起去館內四處看看？崎本你對魚很了解，我想聽聽你對各種海洋生物的解說。」

她那無法預料的提議讓我拿著湯匙的手停了下來。正當我在猶豫要如何拒絕的時候，她直接在下一句話補充說明：

「哎，你知道的，實習結束後還要寫報告對吧？我想如果能在那份報告裡頭加入一些魚類的小知識、或者是比較有深度的見解，那就太完美了。」

淺海在一口氣說完這些話之後，用筷子靈巧的夾起一顆小番茄，放進嘴裡。

「如果你有事的話，也沒關係啦。」她又追加了這句話。

繼續沉默下去的話，她搞不好又會說些什麼，最後我只好無奈的同意。「這個嘛，如果是這樣的話就去吧。」

「咦，可以嗎？謝謝！」淺海快活地說著，她的聲音在安靜的食堂中迴盪。被她用那雙直率的眼睛這樣看著，讓我有些害羞，一口氣把剩下的豬排咖哩飯扒光。

下午時段的工作也順利完成，時鐘的針正要轉到三點。

我和淺海在海豚劇場的後台待命，一臉緊張的等候出場。

「只要按照昨天的步調進行就沒問題，放輕鬆一點。」

海豚訓練師這麼鼓勵我和淺海。順帶一提，負責照顧我們的佐伯先生並非照顧海豚的人員，訓練師是另一個人。不用說，淺海已經和對方打成一片，不知道為什麼她這麼說：「我們就像往常一樣努力吧」，彷彿她才是負責人。

到了三點，我們跟幾隻海豚一起進入劇場。觀眾席大約只坐了一半的人，但對我們來說剛剛好。

在訓練師用麥克風介紹了我和淺海之後，二十分鐘的表演終於開始。在海豚完成了充滿動感的技巧以後，我便按照練習的方式伸手抓起飼料桶中的飼料給牠們吃。淺海也學我的動作，餵食已經完成表演的海豚們。

海豚們沒有片刻休息，很快展現下一個技巧，並吃下我們扔給牠們當獎勵的飼料。

接下來，我按照計畫好的流程觸摸海豚的鼻尖，並舉手下達指示。海豚成功完成了一個美麗無比的跳躍後入水，並發出一陣豪邁的聲響。雖然水花濺到了臉上，但我毫不在意繼續表演。這是我第一次從舞臺的角度觀看海豚表演，心情非常亢奮。

我不經意的望向淺海，發現她比彩排的時候更接近池邊；可能因為這樣的關係，她的全身濕透了。儘管如此她仍然保持笑容，全力執行助理業務。比任何觀眾都更加樂在其中的人，就是淺海。

昨天明明還在怕，今天的她卻大膽的親吻海豚，還跟海豚握手好多次，讓全場激動不已。跟海豚嬉戲的淺海吸引了我的目光，讓我看到入神以至於渾然忘我。

當我回過神來的時候，整場表演已經到了最高潮，海豚完成最後的高難度技巧，掀起了這一天最大的掌聲。我偷偷瞄了淺海一眼，發現她溼淋淋的頭髮緊貼在臉頰上。她那心滿意足的表情，讓我覺得好美麗。

「海豚表演到此全部結束。請大家為海豚，以及擔任助手的兩位高中生鼓掌！」

在訓練師的結尾致辭之後，儘管不是雷鳴一般的掌聲，我們還是得到了讓整座劇場產生輕微迴響的讚賞。

我謙虛的低頭致謝，不過淺海則像訓練師姐姐一樣高舉雙手忙碌的大力揮舞。她那模樣看上去頗為有趣，讓我不由得笑出聲。

注意到我笑了的淺海跟我的目光對上，她微笑著，我低下頭。雖然不知道是怎麼回事，但我冒出了有別於恐女症的汗水。

「這三天，非常感謝大家的照顧。我們很開心，也學到了社會上的待人接物技巧。真的非常謝謝您們。」

飼育員們聚集在會議室裡，淺海殷勤的向他們致謝，我也學她說了一句「謝謝您們」，並深深的鞠躬。

「這個，因為你們很努力，就送給你們兩個。」

佐伯先生露出笑容，給我們各一張免費門票。

我們兩人一起說「真是謝謝您」，把那兩張門票收下。

我將自己恐怕無法再度看到的後場景象用力記在心上，並再度低頭致意之後，便朝向通往館內的門走去。

接下來我和淺海走到館內的入口，正要使用剛剛拿到的門票時，接待處的阿姨這麼對我們說：「這三天你們很努力，今天就免費吧」。

阿姨在最後還補了一句話：「下次你們約會時再一起來唷」。我裝作沒聽到，匆匆走進館內。

「喂你看這邊～～聽說這個叫大叔魚，那邊還有一條叫做伊富的魚。看起來很像人類，好好玩。」

我們很快就隨處參觀水族箱中的生物。可能因為平常我都是一個人來的關係，總覺得有點待不住。我緊張到一直去注意四周的風吹草動，沒辦法集中精神觀賞魚類。不過雖說她就在我身旁，但我跟她之間還是老樣子，一直保持著三人寬的距離。

「你看你看，這個水族箱，鯊魚在游泳，可是牠會把其他魚吃掉嗎？」

原本在巨大的環場水族箱前面仔細觀察一段時間的淺海，忽然指著一條剛剛引起她注意的鯊魚這麼問我。雖然我不是海洋生物學博士，可這種程度的問題我還是知道的，於是我以專家的神情用目光追蹤那條在水族箱裡游動的鯊魚，同時這麼回答：

「如果放任不管的話牠的確會去獵食，但飼育員會按時給牠吃飼料，所以牠可以和其他魚類共生。不過嘛，偶爾還是會有小型魚類被吃掉的情況就是了。」

「是哦～～」淺海似乎被我的話感動到不停點頭，她從包包裡拿出小冊子開始做筆記，應該是為了要寫報告吧？我裝作若無其事的樣子走過她背後，瞥了一眼筆記，看到上面寫著「鯊魚肚子總是撐」，努力忍住不笑。

接下來，淺海走到一座裡頭有五彩繽紛的魚群集體游動的水族箱前面，鼻頭與玻璃之間的距離近到幾乎已經貼上去的她，看得相當入神。她那側臉看起來就像小孩一般稚嫩，讓我苦笑著決定把她留在那裡，自己前往下一個水族箱。

在這座水族箱當中，我看到一隻水獺躺在搖晃的吊床上，睡得很舒服。

「崎本你最喜歡哪一種魚呢？」

就在我慈祥地望著悠然游動的拿破崙魚時，淺海來到我身旁並脫口說出這樣的問題。

我先跟她拉開一步的距離，隨即回答：「水母」。結果淺海繼續發問：「你喜歡水母的什麼地方呀？」

「什麼地方啊，這個嘛，大概是越了解牠們的生態，就越覺得牠們無法捉摸吧。牠們是一種依然謎團重重的生物，體長從幾公厘到超過兩公尺，在生物中很少有個體差異這麼大的物種。而且牠們能返老還童，自行發光，甚至有會捕食水母的水母。牠們沒有大腦、心　或血管卻能夠存活，而且種類非常豐富，在地球上光是已經確認的就有數千種，形態也千變萬化相當有趣。水母神祕莫測，但又能療癒人的心靈。近年來，因為研究維多利亞多管發光水母而發現的綠色螢光蛋白，還讓人獲得了諾貝爾化學獎，水母因此受到大眾注目。不過嘛，牠們最大的魅力還是能安撫人心吧。每當我遇到討厭的事情，或是心情急躁的時候，看著水母就會讓慌亂的心情逐漸平復，感覺上就像是水母在安慰我：『你就活得輕鬆悠閒些吧』。」

水母可以說是支持我心靈到今天的存在，我已經無數次受到牠們的鼓勵。小時候每當我受到母親的虐待，心靈受創時，我都會走到水母水族箱的前面。只要這麼做，我所受的傷痕就會奇妙地重新復原。

我猛然回神，偷看了一下淺海的臉；結果她正嘴角上揚看向我這邊。

「說話這麼流利的崎本，我還是第一次看到。你真的很喜歡水母呢。」

看著淺海滿足而又愉悅的表情，我的臉開始發熱。一不小心渾然忘我，將自己對水母的愛爆發出來了。

如果有地洞的話真想鑽進去。就在我這麼想的同時，視線前方出現了一條花園鰻，牠正好將臉往巢穴裡迅速縮進去。我現在好希望自己就是花園鰻。

「水母水族箱就在前面，我們快點過去吧。」

指著前進方向的淺海向前走去。我先用手帕擦了擦突然冒出來的汗水，然後才追過去。

「哇啊，超美的。」

走到水母區的淺海眼睛閃閃發光，發出感嘆聲。我跟在她後面，穿過拱門形狀的入口。順帶一提，這座拱門也是玻璃製品，一抬頭就可以看到水母在其中飄浮。

光是這座入口就十分具有觀賞價值，不過因為今天有同行的人在，所以我繼續前進。

一踏進這個比其他地方昏暗的水母區，就可以看到各種大小的水母，在正面這座在彩色燈光照耀下，充滿奇幻風情的水族箱當中輕飄飄的晃動。

這個區域是日昇水族館最受歡迎的地方，紅色、白色、以及由藍色逐漸轉變成紫色的照明燈光，讓這裡完美的轉化為一處背離日常的空間。

「水母好可愛啊，可以看好幾個小時都不會膩。」

這句話讓我產生強烈的共鳴，忍不住用興奮的語氣脫口說道：「真的，就是這樣！」察覺到又把事情搞砸的我，把原本上揚的嘴角又緊抿回來。

淺海沒有錯過我的亢奮反應。

「其實我覺得呢，崎本你在學校也可以這樣笑，你笑起來真的很好看。」

我連忙別過臉去不看她。她說的沒錯，我在學校確實可能不太會笑。重點是直接講出這句話完全沒有害羞神色的淺海眼神是那麼直率，反倒讓我覺得不好意思起來。

原本在今天已經比較少的汗又冒出來了。我沒有回答，凝視著眼前漂浮於水中的水母。水族箱的玻璃微微映射出我的表情，很明顯在動搖不安。

「水母的小知識，還有其他的嗎？」

過了一會兒，淺海問了一個很概略的問題。對我而言水母是我最感興趣的生物，所以我學了許多知識；不過我選擇了其中自己最喜歡的一件事來回答。

「這件事算常識，所以妳可能早就知道了，其實水母死亡以後，會溶解在水中。因為牠們的身體有一大半由水分組成，所以死亡時細胞連接會崩潰並溶解，這一點讓我有些羨慕。等哪天我死了，也想要那樣消失。如果能融化在透明的水中，甚至連死亡都不會讓大家發覺。其實不一定要是水，就算是空氣也行。我真的很想像那樣，在任何人都沒發覺的情況下消失，彷彿從一開始就不存在似的。」

當我知道水母的生態時，就強烈希望自己死的時候也能像牠們那樣。不用去想任何事，任憑潮流擺布，過著軟爛的漂泊生活，最終溶解並消失——。

如果我死了，會有多少人來參加我的喪禮，或是到我的墓前祭拜呢？又會有多少人發自內心為我悲傷呢？

在死神對我進行餘命宣告時，我第一時間在腦海中浮現出來的疑問就是這個。班上的同學想必完全不會在意，爸爸可能會因可以和再婚對象在一起而感到神清氣爽，母親連是否會出席我的喪禮都是個問題，而且我也不希望她來。所以我時常在想，乾脆死的時候就不讓大家發覺，跟水母一樣消失的無影無蹤。

我之所以會強烈希望知道自己的死因，或許就是因為這樣也說不定。

淺海在沉默了一會兒以後，望向水族箱中，說：

「……可是這樣一來，我想會非常寂寞喔。在大家都沒有發覺的情況下溶解死掉，我不喜歡。我想要好好留下自己活過的足跡，不想要讓自己像是從來沒有存在過一樣。雖然不知道對不對，不過我想，水母也不會希望自己消失的無影無蹤吧？」

由於我覺得委婉否定自己意見的她才是對的，因此我保持沉默。

如果我和淺海真的像宣告一樣同日死了，喪禮會怎麼辦呢？是在同一天但分別於不同會場舉行，還是錯開在不同天舉辦呢？我很容易就想像得出來，她的喪禮現場一定會充滿淚水、滿懷哀思。

「不過，的確會有些羨慕。」

「……羨慕什麼？」

「我也想像水母一樣輕飄飄地悠閒生活。而且牠們好像都沒有討厭的事，也沒有煩惱的事呢。所以我也想變成水母。」

「……這樣啊。」

儘管看起來淺海的生活似乎還悠閒的，但她應該也會有一、兩件煩惱吧？雖然只出現一瞬間，不過我看得出她的表情陰沉下來了。而先前關川提過有關淺海病情的事，也在我的腦海中浮現出來。

在這之後，我們又回到環場水族箱前面。附近有一處休息空間，我們兩人坐在長椅上，仰望著眼前這座巨大的水族箱。

當我呆望著緩慢游動的魚群時，一種奇妙的心情突然湧上心頭。像這樣跟女孩子兩個人一起待在水族館裡頭，在我的人生中，基本上是絕對不可能會發生的事。

是因為這裡是我的心靈綠洲？還是拜水族館特有的昏暗氣氛所賜？或是因為我跟她被某種像是同日死命運之類的不可見事物連結起來，才會讓我產生這樣的感受？

即便我無法判斷主要原因到底是什麼，可現在我沒有流出一滴汗，不知道為何還能保持冷靜。

感覺只要從這裡往外踏出一步，一定就會回到平時的自己。所以在這之前，趁自己還可以保持平常心的時候，我鼓起勇氣向向她發問：

「抱歉，雖然是我聽說的，不過淺海妳的身體是不是有哪邊不舒服？聽說去年妳有差不多兩個月沒來學校，可是總覺得，看不出來妳的身體有那麼……」

我不敢看淺海的臉。話才剛說完，我的全身就開始滲出汗水。漫長的沉默讓我為問了不該問的問題而感到不安。也許這個問題本身就太直接了，我一陣後悔。

一道汗水於臉頰流過以後滴落在地板上，我判斷她這麼久都閉口不說話是異常狀況，打算道歉；但在我開口之前，淺海出聲了。

「嗯……怎麼說呢？其實我因為肺病的關係，一直都得去醫院回診。聽醫生說我這個病以現在的醫學技術要完全治好很困難，如果要延長壽命的話只能接受移植手術，所以我現在是處於等醫院找到捐贈者的狀態。不過最近狀況穩定，也沒怎麼樣就是了。」

淺海用輕鬆的口氣平淡講述沉重的話題。她好像不是在講自己的事，一副看破世事的神態。

「移植手術……」

我複述了她的回應中讓我印象最強烈的的關鍵字。完全想像不到，她所罹患的疾病，會嚴重到非得要接受移植手術不可的地步。

宛如只是想出去旅行一下，結果卻到了非洲；這件事給我的衝擊感就是那麼強烈。

她平時的開朗身影，跟「移植」這種不祥的字眼，無論如何就是連結不起來。

「別露出那種表情啦，又不是說現在不馬上手術就會死。不過醫生說如果繼續放著不管的話，我可能光走個路就會開始喘氣，或者是提不動重物吧？」

淺海又事不關己似的低聲說道。

我無言以對。每聽她說完一句，她的死亡就從直到剛才為止的半信半疑，逐漸轉化為近在眼前的事實。可能因為我已經知道她所剩餘命的關係，原本不明確的死因，如今伴隨著真相一併重壓在我身上。

淺海是病死的，這點我深信不疑。

她恐怕還以為，因為那種病失去生命是很久以後的事。因為現在身體狀況穩定，所以她就完全放心，也因此她的話中沒有分秒必爭的迫切感。她可能一直把自己的死亡，當成是遙遠未來的事了吧？

這樣的話，我是否應該要告訴她呢？或許這麼做可能會把她推下絕望的深淵，但我是否應該跟死神的做法一樣，對她進行宣告呢？

我的心臟開始激烈跳動。正當猶豫要如何開口時，淺海又繼續說：

「可是我呢，即使找到了捐贈者，也還是猶豫要不要接受手術。因為肺臟移植跟其他器官移植比起來，術後生存時間並不長。別看我這樣，我每天都活得很開心，也覺得很幸福。所以就算找到了捐贈者，把機會讓給比我更痛苦的人應該比較好吧？」

她這幾句話讓我啞口無言。

我不敢看她的臉。雖然不知道她是用什麼樣的表情說出這些話語，但我覺得她一定正笑得很溫柔。

我一直覺得像淺海這種積極的人，不會有那麼消極的想法。我認為就算受到餘命宣告，她也會是個不惜一切都要掌握生命，不放棄生存的人。

或許那樣的心境，只有被告知唯一的得救機會是移植手術的本人才能夠理解。感覺自己在這個時刻，第一次窺見了她內心脆弱的一角。

「我決定在身體還撐得住的時候，努力享受這段人生。我不會去做什麼特別的事，只打算全心面對現在的每一分每一秒。雖然大家說人生百年，但我不在乎。畢竟每個人被賦予的時間都不一樣，因此只要去想著如何過好每一天就行了。只要我盡全力活好每一天，就算明天就會死，想必也不會留下遺憾。」

淺海剛說完這段話，館內就傳來通知閉館的廣播聲。每天到了下午五點閉館時間前十分鐘，這段廣播就會在音樂盒風格的寂寥曲調伴奏下播放出來。

我和淺海遵照廣播指示從位子上起身站立。在走到外面以前，彼此都沒有說一句話。

「那麼，明天學校見囉。」

走到公車站時我跟淺海道別，她揮了揮手離我而去。儘管感覺淺海好像還說了些什麼，不過內心仍有些動搖的我並沒有聽進去。

「對了……」

我喊住已經背對我向前走的淺海。她轉過身來，盯著我的眼睛反問了一句「什麼？」原本在海豚表演中弄濕的頭髮，早就已經乾了。

「剛才那些話，為什麼要告訴我呢？我覺得那種事，一般來說就算對好朋友也很難講出來吧……」

我和淺海，只有這三天的交情。從明天起雖然還是回到同一間教室，但我覺得我們的關係也會退回原狀。

即使交談過幾句話，也拉近了距離，但一切想必也只到今天為止。為什麼她會想跟我講這麼重要的事呢？我沒辦法理解。一般來說，她應該會避重就輕糊弄過去，我沒想到她會把真相告訴我。

「沒什麼，因為我認為這不是需要隱瞞的事。畢竟病情也是我的一部分。再說如果我明天突然死掉了，崎本會嚇一跳吧？我不想因為這樣帶給你麻煩，所以你問了我就回答。要是狀況真的不妙的話，我也會告訴全班同學，不過已經有幾個女生知道就是了。」

淺海直到最後都保持微笑，堅定明確的說著。從她的話語中，我覺得她並不是放棄自己的生命，而是已經做好死亡的覺悟。

所以她並不是像我這樣擺爛不管，而是每天都盡全力地活著。因為這三天都跟她在一起，所以我十分清楚。

「啊，公車來了，再見啦。」

淺海向我大大的揮手。

我覺得，自己多少明白了淺海總是忙著不停講話的理由。她應該是不想浪費每一分每一秒才對。

直到剛才，我還覺得她會以為自己要死還早得很，不過並不是這樣。淺海不停講話，是為了能讓她自己在任何時刻死掉都沒關係。因為不知道哪一句話會成為淺海最後的遺言，所以她才會極力述說話語。

我看著她搭上公車，並目送公車發動離站之後，騎上了自行車。

我慢慢地踩著踏板，一面在腦中反覆思索今天一整天發生的事情，一面踏上歸途。

「啊，崎本早安～～」

第二天，跟幾個朋友一起上學的淺海在學校的停車場出聲叫我，緊張過度的我只能發出這樣的奇怪呻吟：「啊……嗚嗚……」。

受到好幾個女生的視線投射讓我的老毛病發作，再加上沒辦法習慣在校內被淺海搭話，我的內心動搖不安。

「那什麼鬼，笑死。」

淺海的其中一個朋友看到我的反應，如此嘲笑。

即使是涼爽的季節，汗水依然不受控制的噴湧而出。我連呼吸方法都忘了，直到她們離去以後才深深的吐了口氣。淺海雖然一臉擔憂的看著我，但她隨即被朋友推著走向校舍門口。

我從口袋裡拿出手帕擦掉額頭上的汗水，深呼吸一口氣後踏入校內。

那一天的上課時間我也沒有抄寫板書，而是在筆記本的淺海頁面上追加了昨晚調查出來的資訊。

昨天我一回家就立刻上網查詢有關肺臟移植的事。雖說網路上的資訊不一定百分百正確，但我還是找到了一些有用的資料。

接受肺臟移植似乎有幾個條件，比如說除了移植沒有其他治療方法，且兩年存活率已在百分之五十以下等等，並不是任何人都能夠接受手術。症狀嚴重且有機會透過手術根治的患者，才是肺臟移植的對象。

正如淺海所說，跟其他器官移植比較起來，肺臟移植的術後存活率可說極低。肺臟移植後容易發生排斥反應，終其一生都必須要服用免疫抑制劑與抗生素等多種藥物。而且術後需要復健，身體也會留下疤痕。

淺海當然已經聽取了這方面的說明，所以她可能對移植手術並不是很積極。想必在生活上也會受到各式各樣的限制，這樣一來她就要被迫忍耐，沒辦法如她所說去全力享受人生了。

然而接受手術與否是淺海的自由，不是我可以多嘴的事。

我在筆記本中自己寫上去的『淺海莉奈』這四個字旁邊，新加了『病死（可能性大）』。

淺海的死因，恐怕是因找不到捐贈者而導致的病死吧？只是在這種情況下為什麼我也會死，感覺有點奇怪。

同班同學在同一天死亡，兩人之間有某種關聯是很自然的想法。會不會我們只是偶然死在同一天，但分別在不同的地方喪命呢？我現在的結論是，雖然機率低，不過或許也是有這種可能性。

我闔上筆記本，並將視線投向坐在窗邊座位的淺海。她跟我不一樣，正認真上課，努力記筆記。

「對了崎本。放學後要不要一起去圖書室寫職場實習的作業表？好像其他女生也是跟去同一個職場實習的人一起寫的。」

午休的時候我在座位上一個人吃便當，淺海將手掌擱在我的桌上這麼說。

雖然在水族館裡比較能控制住，不過在教室裡果然還是不行。我跟平常一樣冒出了大量的汗水。「病情也是我的一部分」，我引用淺海這句話讓內心鎮靜下來，然後努力的冷靜回答：「也好」。

淺海露出發自內心的笑容，說了一聲「謝謝」就離開教室。

我深吸了一口氣之後，繼續吃剩下的便當，忽然感覺到旁邊有視線，我轉頭望去，關川以一副令人不爽的不正經的表情對我笑。

「真是太好啊，崎本。你跟淺海好像在水族館很有進展嘛。」

「並沒有，我們才沒有什麼進展。」

「少來了啦，你都害羞了。」

「吵死了你。」

我邊說邊用筷子粗魯的戳進一根香腸，將香腸扔進嘴裡。如果他知道淺海的詳細病情，而且先把這項情報賣給我的話，我就不會受到那麼大的打擊了。

關川似乎不知道關鍵的情報，只知道一些無關緊要的小事。不過，我也覺得他不是那種會用金錢出賣重要消息的人，這點其實很不錯。

「話說回來，今天的情報只要一百日圓，要買嗎？」

關川的嘴塞滿了炒麵麵包，手指則比出了一個圓形。我皺起眉頭，懷著一絲期待，把一百日圓硬幣放在他的桌上。

「淺海的生日……好像是十二月二十五日喔。」

關川說完這句話就迅速抓起一百日圓硬幣放進口袋，他說了一句「我去買果汁囉～～」然後就一面啃著炒麵麵包一面大搖大擺的走了。我從桌子的抽屜裡頭拿出筆記本，翻到淺海的頁面並寫下最新獲得的情報。

『生日，十二月二十五日』

才剛寫完，我就立刻用大大的叉叉把這段文字刪掉。我和淺海會在十二月十五日死去。也就是說對淺海而言，十七歲的生日永遠不會到來。在那之前她的肺就會達到極限，力竭而亡。

果然，關川只會告訴我一些無用的事情。我闔上筆記本並將它放回抽屜，以悲傷的心情默默吃便當。

放學後，我從座位上站起身來，走向平常很少過去的圖書館。我穿過喧鬧的走廊，走下樓梯，樓梯口旁邊就是圖書館。

放學後的圖書館寧靜無聲，使用的學生很少。因為還在教室和朋友們聊天，所以應該會晚一點到。

當我隨便找了個位子坐下來等待的時候，我開啟手機開始瀏覽資料夾中的影片。這些影片是我在實習期間取得同意之後在水族館內拍攝的，有水族箱和後場的錄影檔案，讓我又一次深切認為這是一段寶貴的經驗。

在最後一天的影片中，有淺海的目光被水母水族箱吸引的畫面。我給自己的藉口是，這不是要拍淺海，只不過是從遠距離拍攝水母而已；我又對自己解釋，這只是我在拍攝水母的時候偶然拍到淺海的身影而已；接著我關掉了螢幕。

「崎本，原來你偷拍我啊。」

「哇啊！」

正後方傳來的聲音讓我嚇到整個身體彈跳起來。我的反應可能很好笑吧，她一面大聲笑著一面坐在我對面的椅子上。

「偷拍可不行哦。」

「呃，不是那樣的。應該是我在拍攝水母的時候不小心拍到了淺海的影子，我也嚇了一跳啊。」

「等一下，不要把人家說得跟靈異相片一樣啦。」

淺海笑容依舊的說完這句話，便從書包裡拿出作業表並將它展開。我也心神不寧的在書包裡翻找。我把皺成一團的作業表拿出來並死命把它攤平，看到這一幕的淺海笑得更開心。

「這個樣子，老師會生氣哦。」

「這點小事，沒問題啦。」明明只是這麼一句對白，我卻結結巴巴了好幾次才終於說出來。在水族館還好，但在學校這種日常的空間裡，我不論如何就是沒辦法流暢交談。

最後甚至還讓她關心我的汗水，如此詢問：「有這麼熱嗎？」。不過，跟實習前比起來，我覺得現在已經多少穩定一點了。

接下來我們交換意見達成共識把報告寫完。雖然精確地說，我只是對淺海的意見用「嗯」作回答，但也拜兩人合作所賜，還不到一個小時我們便完成了一份精美的報告。

「太好了！這下就沒問題了。」

淺海讓身體靠在椅背上，深呼吸了一口氣。我把文具和作業表放回書包，迅速準備離開。雖然汗水已經乾了，不過我還是不習慣這種狀況，想快點離開圖書室。

我在內心決定下次不要跟她面對面，而是跟她並列還要再隔一個座位。雖然最近和淺海說話很開心，但只要看到她的臉，我就會緊張到說不出話。

「啊，等一下，我們一起走一段路吧。」

淺海叫住剛從座位上站起來的我，並這麼提議。因為邊走邊說話就不需要看她的臉，所以我同意這項提議。

「嗯，好啊。」

走到學校外面，我推著自行車與淺海並列行走。因為我和淺海中間剛好有一輛自行車，所以我比較安心。雖然淺海繼續自言自語一般的不停發言，但我的腦海裡全是昨天查到有關肺臟移植的資訊。

「昨天聊到肺臟移植的事情，你在意嗎？」

這句彷彿讀取到我心思的唐突話語，讓我嚇了一跳。她可能把我停下腳步的動作解讀為「YES」，繼續說下去：

「這個嘛也是啦。如果有人告訴我班上有同學是個等待肺臟移植的病患，我果然也會很震驚的。前不久我把自己的病情跟一個朋友說，那女生就哭了。」

她仰望天空，又低聲補充了一句話：「果然我還是不要隨便說會比較好吧」。

「順便問一下……現在的等待期間大概多久？」

我問了一個曖昧的問題，試圖緩和氣氛。

根據昨天我瀏覽的網站資訊，肺臟移植的平均等待時間大約二年半。即使等待時間再長，如果找不到合適的捐贈者，也沒辦法進行手術。

「這個嘛，大概不到一年了吧。不過如果換個說法，等待期間其實就是在等待器官提供者去世的時間。像這樣等待某個人死亡，感覺有點難受。而且就算等到了合適的肺臟，之後的人生也不見得會幸福。」

我又曖昧的點了點頭。或許這也是她對移植手術不積極的另一個原因。某人死去後，才得以提供健康的器官，讓醫生動移植手術，延長另一人的生命。即使這種作法是基於提供者自己的意願，但對於淺海這個等待者來說，她的心情應該很複雜吧？

在找到捐贈者的時候，就代表某個生命的逝去。淺海這種「不可能坦率高興」的主張也並非不能理解。但為了生存，除了這麼做以外也沒有別的方法。我嘆了口氣，不禁心想淺海這個人到底要好到什麼程度啊？

「總之就是這麼一回事，你就不用太在意啦。」

淺海用開朗的語氣關照我的心情。雖然她這樣說，不過事到如今我已經沒辦法假裝沒聽過了。

回家之後，我立刻開始準備晚餐。就在我切洋蔥打算做漢堡排的時候，眼淚流了出來，我藉此機會狠狠的哭了一場，連我也不知道自己是在哭什麼。可不知為何，眼淚就是止不住，我就這樣一直哭個沒完。

第二章

炸竹筴魚排定食

這個星期六，因為沒有特別的事情做，我決定重新查詢有關Sensenmann的事情。我開啟電腦輸入『Sensenmann』並點選搜尋後，螢幕顯示出他的官方推特和幾個知識平台網站。我點了其中一個連結。

包括年齡、性別、本名與國籍等項目在內的一切個人資訊都是不明，只知道他是一個神出鬼沒的預言者。雖然說是預言，但他只在意人的死亡；目前大家也只能斷定他知道誰是九十九日以內會死亡的人。

當然因為是網路資訊，所以我無法判斷真實性到底有多少。由於那些文章可能是有人抱持一半好玩的心態寫出來的，因此不可能照單全收，不過有一件事情是確定的。

那就是他的推特預言命中率有百分之百的這件事。提到預言家，像諾查丹瑪斯跟「盲眼龍婆」巴巴．萬加之類的人物都很有名，但命中率百分之百這種數字我就從未聽說過了。至今他的預言依然確實留在那個推特帳號上，如此令人驚異的數字的真偽性，是沒有置疑餘地的。

Sensenmann的第一個預言是距離今天大約三年前的時候做出來的。他預告了一位人氣藝人的死亡，湊巧命中。一開始沒有人對他的推文感興趣，但是在被預言的本人去世之後，不知道是哪個人發現他的推文並把它挖掘出來，讓他一下子廣受關注。

他的第二、第三個預言也都命中，讓社群網路界騷動，大家都認為真正的死神終於降臨了。之後他依然接連準確說中了多位名人亡故的日期，最後甚至開始對一般人伸出魔掌。

傳照片訊息給死神的人絡繹不絕，我也成為其中之一，還被他宣告了死期。他不會告訴你死因跟死亡時刻，只會在看到你的壽命時才告訴你會在哪一天死。

雖然我接下來又瀏覽了幾個關於Sensenmann的網站，但上面沒有更詳細的資訊了。

我將電腦關機並把手機拿在手上，往床一躺開啟推特，確認有沒有訊息傳來；但我連一則訊息都沒有收到，甚至連「已讀」的字樣都沒有出現。

我嘗試在推特的關鍵字搜尋中輸入『Sensenmann』，結果接連顯示了大量相關推文，我開始一則一則的瀏覽它們。

『哇～～慘爆。Sensenmann對我做出餘命宣告，我好像再過三十二日就會死。』

這是大約一個月以前的推文。發這推文的是一名二十多歲的女性帳號，而這號人物的最後一則推文是大約一個禮拜前發布的。

『我好像會在今天死掉，但坦白說我不信。所以我會一般般的工作去～～結束之後我會發表生存報告哦～～。』

之後一個禮拜期間，沒有任何更新。這則推文得到了三萬個喜歡、八千次轉發，底下還有許多回覆：

『別裝死啦。』

『妳還活著嗎？』

『真的假的好像死掉了耶？這個人以前每天都會發推文的，超恐怖的啊。」

『南無阿彌陀佛。』

『反正一定還活著吧，只是要釣大家上失智列車啦。』

擔憂她安危的回覆訊息跟懷疑的留言在數量上各占一半一半，讓底下的回覆內容混亂到不行。我認為她恐怕已經身亡了，於是懷著哀悼之意按下喜歡。

正當我要關掉螢幕的時候，一則推文讓我的目光停留下來。一個帳號名是一個英文字母『R』，沒有設定大頭貼相片，性別與年齡都不詳的人物發了一則耐人尋味的推文。這則推文是兩天前發布的。

「我受到了Sensenmann的餘命宣告。有人跟我一樣嗎？想交流救命方法之類的資訊。順帶一提，我好像還有四十一日的壽命。」

我看著R的求助推文，心中感到納悶，究竟是不是真的有救命的方法？我從來沒想過救命方法這種事，而且說到底，迴避死亡是有可能的嗎？

在Sensenmann宣告死亡的時間點，死亡就是無可避免的命運；這件事在知識平台網站上也有記載。然而，假設真的有可以迴避的方法……。

雖然我的腦海中瞬間閃過淺海的臉，但我停止思考下去。畢竟我沒有打算活久一點，而淺海病死的可能性很大。對她而言，並不存在移植手術以外的救命方法。

我明明心裡知道她也不可能逃脫死亡的命運，但在我有所察覺的時候，已經在輸入要傳送給R的訊息了：

『R先生您好，初次傳訊給您。我也受到了Sensenmann的餘命宣告，還有五十四天的生命。知道還有其他人跟我一樣，讓我忍不住傳送訊息過去。很抱歉突然傳送私人訊息給您。』

在訊息傳送完成以後我把手機螢幕關掉，還沒來得及深呼吸就響起通知聲。我一看手機，R的回覆已經迅速送達：

『光先生，謝謝您的訊息。我已經收到許多網友的訊息，不過其中也有人傳訊息是為了惡作劇。雖然失禮，但如果可以傳送內含您與Sensenmann私訊對話的螢幕畫面的相片檔案過來，我會十分感謝。萬事拜託了。」

這則訊息寫得很禮貌。我按照對方要求把自己與Sensenmann的對話截圖存檔，附加在回應訊息上面一併傳送。

沒多久我收到了來自R的訊息，那天我們互相聯絡了一整天。

我去見那個R，是在一個禮拜以後的星期日的事。從那天起我們又互相聯絡了好幾次，並且討論到要不要見一面。雖然從字面上看起來R恐怕是女性，讓我很猶豫，但對方說除了我以外還有兩名受到Sensenmann餘命宣告的人，合計四人來辦一場聚會，所以我接受了邀約。

據說R湊巧也住在附近。不過另外兩人住在遠方，所以大家決定在中間的地點會面。

『我會開車去目的地，如果方便的話要不要一起去？』

在前一天的星期六晚上，我收到來自R的訊息。畢竟我們只在螢幕上交談，假如對方是女性的話我光想就害怕，因此便委婉拒絕了這個邀請。因為我也完全沒有問過關於另外兩個人的事，所以不知道會有什麼樣的人過來。

星期日一大早我就離開家門，轉乘了好幾條電車路線前往目的地。

我從小就會把壓歲錢存起來，這一趟交通費就是從這筆款項支應的。雖然我的戶頭餘額還夠，但我沒有全部提光而是留了一點錢。畢竟在我剩下來的一個半月的時間裡可能還需要用錢，這是為了以防萬一。

當我隨著電車搖晃時，忽然開始想像淺海現在這時候會做些什麼。我想以她的性格，大概連假日也不會閒著，可能到哪邊去旅行了吧。

我傳給R一則訊息：「快要到了」。下一個鐵路車站、出站後走路五分鐘有一家咖啡廳，就是我們會合的場所。

『我是用東的名義訂位，請您先在店裡等候。』

我一下電車就收到R的回覆。我不確定要用日語把「東」這個字讀成Azuma還是Higashi，但還是回應一句『我明白了』再把手機放回口袋。

說實話，我並不怎麼想要參加這次聚會。都是要死的人聚在一起有什麼意義呢？不過就是互相舔舐傷口而已吧。我曾經有很多次想要拒絕，但R的話語始終縈繞在心頭，讓我還是答應對方的召集。

『搞不好，真的有救命的方法也說不定。』

如果只是我一個人的問題，我覺得自己甚至不會跟R聯絡。我從沒想過求助，甚至反倒希望那一天早一點到來。即使這樣我還是回應R的邀約，是因為腦海中不斷浮現一個人物，我不希望讓那個人死去。

就算希望渺茫，即使明知沒用，只要一想到她，我就沒辦法坐視不管。

走出車站大樓，我啟動地圖應用程式穿過眼前的斑馬線，遵照引導路線走到目的地的咖啡廳。

「請問……我想應該是用Higashi先生的名義訂位的……」

我怯生生的向女性店員詢問。她低頭看了預約單，有些遲疑的說：「該不會是、Azuma先生吧？是四位客人的預約？」

「啊，就是這個。」

為二選一選錯而感到很不好意思的我跟著店員走。

「是這裡的位子。」

在我被帶到的位子上，已經有人先來了。

「午、午安。」

「啊啊，你好。你是R……應該不是吧。」

身穿深藍色外套的男性在打量了我的臉好一會兒之後，喝一了口冰咖啡。短髮瘦削的他，看上去大概三十歲出頭。

「我叫崎本，高中二年級，請多指教。」

還不知道要多指教什麼的我，因為第一個看到的人不是女性而鬆了一口氣，在他對面的座位上坐了下來。他從外套的內口袋掏出一張名片，用單手將它隨意遞給了我。

根據名片，他的名字是葛西正則，以網路寫手的工作謀生。

「這回呢，我想要寫一篇關於Sensenmann的文章，所以才無可奈何的參加這種看起來很可疑的聚會。我想如果能採訪一下被死神宣告餘命的可憐年輕人，應該有搞頭吧？」

鬍子留得很漂亮的葛西啜飲著冰咖啡，發出了「嘶嘶嘶」的低級聲響。我不知道怎麼回答，總之先點了一杯可樂。

「那麼，你還有幾天的生命呢？」

葛西從包包裡拿出筆記本和原子筆，向前探出身子問道。

「呃，我記得是四十六天。」

「然後呢，你現在的心境如何？」

「呃……沒什麼特別的。」

「嗯～我說你、滿冷靜的嘛。這樣吧，我希望聽到一些更有被逼到絕境感覺的話，你這樣講沒辦法寫成報導啊。」

「對不起」我只好用一句話道歉。我沒預料到自己竟然會接受採訪，感覺處在下風。

「請問，該不會今天、是這種聚會嗎？」

「你說的這種聚會是什麼意思？」

「就是……採訪之類的。」

「奇怪，R沒有跟你說嗎？我今天來，就是打算要採訪的。」

他開朗的笑著說了一句「我會給謝禮的」。明明我是聽說「真的有救命的方法也說不定」才會到這裡來，不過情況完全不對了。

「難道葛西沒有受到Sensenmann的餘命宣告嗎？」

我戰戰兢兢的問道。根據R的說法，今天聚集在這裡的人物全都生命所剩無幾，該不會連這件事也是騙人的吧。

「受到了啊，還有十四天。不過嘛，這種事，就只是惡作劇啦。」

「這、這樣啊。」

正如他所說，他一副完全不相信的樣子。我用吸管吸了幾口剛送來的可樂，解了點喉嚨的乾渴。

葛西說，他是用半開玩笑的心態把自己的相片傳送給Sensenmann，結果收到了回應。他說雖然自己不相信，不過因為有一段時間Sensenmann是個熱門話題，他認為寫成文章會很有趣，就決定主動聯絡R。

葛西說到這裡就從座位上起身，說了一句「我去抽個菸」就往吸菸室去了。

雖然只有幾分鐘的交談，但沉重的疲憊感壓得我喘不過氣。正當我想要趁這個機會溜掉的時候，另一名參加者出現在我們的座位上。

「請慢慢點餐。」

被女服務生帶過來的人，是一名背著黑色背包、個子嬌小的女孩。這女生的髮型跟淺海一樣是妹妹頭，但長度比淺海短一點。她穿著一件過大的灰色連帽外套，用怯生生的表情一直盯著我看。我的手開始滲出汗水。

我往壞的方向想，她該不會就是R吧？不過因為我記得R是開車來的才對，所以她應該不是。不管怎麼看她都是個國中生，無論如何都看不出是個會策劃這種莫名其妙聚會的人物。

「啊，抱歉……我、應該坐哪邊比較好？」

她緊緊握住自己交叉在胸前的手臂，以顫抖的聲調問我。因為葛西喝到一半的冰咖啡還放在桌上，所以她大概沒辦法決定該坐哪邊吧。

「我覺得……坐哪邊都可以。」

我的聲音也有點顫抖。即使對方年紀比較小，我的恐女症還是稍微發作了一下。她猶豫了一會兒之後，輕手輕腳的在我旁邊坐下。我稍微起身，往窗邊移動了幾公分。

「呃……我的名字、叫遠山花音，國中二年級。請多指教。」

「啊，妳好。我是崎本光，高中二年級。請多指教。」

因為她在自我介紹的同時，不知道為什麼好像快要哭出來了，所以我儘可能用平靜的語氣報上姓名。我裝作若無其事的樣子遞給她菜單，結果她用顫抖的手按下呼叫鈕，點了一杯草莓牛奶。

「哦，又來了一個人。我是葛西，請多指教。」

從吸煙室回來的葛西把名片交到她手上。她的自我介紹還是有點卡，而葛西則繼續他的採訪。

「那麼，妳為什麼想要請Sensenmann看壽命呢？」

「呃，我是……那個……」

「嗯？我是在問妳為什麼。對了，妳還有幾天的生命？」

接二連三的問題拋向花音，讓她顯得困惑。我沒有出手相助，而是一面一口一口的喝可樂，一面用眼角看著兩人的對話。

「抱歉……受到餘命宣告的，並不是我。」

花音似乎非常難以啟齒，她低下頭去發出這樣的聲音。葛西皺起了眉頭。

「那麼，是誰啊？」

「這個……」

她花時間慢慢的從頭說明。

根據她的說法，受到Sensenmann餘命宣告的人是她的兒時玩伴。他罹患先天性疾病，從剛出生時就被告知命不久矣。最近他的身體狀況不佳，一直住在醫院裡，就在這個時候她看到了Sensenmann的推文。

「我當時是想要安心。如果Sensenmann沒有回應的話，就代表他的死期還看不見。所以我一直祈禱，希望不要有回應……」

然而她的祈禱徒勞無功，跟我一樣都在幾天後也收到來自死神的凶報。她哭著尋求幫助，找到了R的推文。

「還有四十一天，他就會死。聽說可能真的有救命的方法，所以我今天來了。」

淚如雨下的花音結束了她的話語。

我以憐憫的目光望向她。她也是被騙到這裡來的。我對踐踏純真少女真摯情感的R感到憤怒，並大大的嘆了口氣。說到底，主辦者遲到這種事本來就很奇怪。煩躁的我拿起了已經空的玻璃杯，用吸管啜飲，並發出低俗且空虛的「簌簌」聲響。

最後一個人是在花音剛把話說完的時候到的。被女服務生帶到我斜對面坐下來的他，是一名金髮青年。

以第一時間看到的印象推測，他的年紀應該在二十出頭。他的頭髮略長，銀色的耳環在他的雙耳上晃動。白皙而中性的容貌讓他頗有魅力，但眼眶下方的黑眼圈很明顯。

「各位好，我是R。本名叫東龍嗣。請多指教。」

由於他跟我想像中的R的形象實在差很遠，我一下子說不出話來。比誰都先開口的人，是直到剛才還在哭的花音。

「對不起，該不會，您是赤紅巖石的龍嗣嗎？」

花音張大眼睛如此詢問。聽到一個我第一次聽到的詞彙，讓我歪頭感到不解。

「啊，是的，沒錯。不過我能待在赤紅巖石的日子也只有三十一天了。」

「赤紅……巖石？」

我才開口說出來，花音便以責備的語氣繼續張大眼睛看向我，說：「你不知道嗎？」

根據花音的說法，赤紅巖石是一個在國高中生之間非常受歡迎的四人獨立樂團，龍嗣擔任吉他手。

聽說他們已經確定在新年主流出道，現在是最受矚目的青年樂手。雖然龍嗣在聆聽花音的熱情說明時似乎有些不好意思，但他好像也沒有很抗拒。

儘管我在分類上也算是國高中生，不過卻對流行一竅不通，所以從來沒有聽過赤紅巖石這個樂團名字。

「話說回來，我沒有聽說過要採訪啊，這是怎麼一回事呢？」

不管對方是不是名人，現在都不重要。我以堅毅的態度質問龍嗣。他則說了一句「算啦算啦算啦」，用手勢要我冷靜下來。

「這也是兼顧情報交流嘛，而且還有報酬可以拿，大家都贏對吧？」

他以漫不在乎的表情如此說。當他點的咖啡置放在桌上時，他執著的對咖啡吹氣想讓它涼一點，可能是怕燙吧。

「原來沒有救命的方法嗎？」

花音到這個時候才終於發覺自己被騙了。原本我以為會形成二對二的局面，可花音卻輕易被龍嗣安撫，說了一句「大家都把自己所有的情報坦白說出來，一起思考救命的方法吧」，我就這麼被孤立了。

到最後花音還甚至說：「等一下請給我簽名」，我只好無可奈何的留在這裡。

「那麼我什麼問題都會問，請誠實回答喔。」

在葛西主導下，採訪開始了。可能因為我回答得太過平淡而且老實的關係，詢問才開始十分鐘就結束，葛西還對我說：「你可以不用說了，就算寫成文章也不太能讓大家感興趣」。

比起我的故事，葛西似乎更中意花音的遭遇，一直對她發問。

「這件事，妳有告訴男朋友嗎？」

「他不是男朋友，是兒時玩伴。雖然我也有意想告訴他，但總是說不出口……」

「可是，妳喜歡他對吧？不對，就當作妳喜歡他吧。這樣比較有趣。」

花音以困惑的神情點了點頭，不過看起來也似乎是被說中了心思。因為午餐時間到了，我和龍嗣點了輕食，兩個人就吃這幾道餐點。花音則點了一份百匯，自然流利的回答葛西如同偵訊一般的採訪問題。葛西也會不時對我和龍嗣發問，但我就是盡量回答葛西可能會喜歡的答案，順利的應對過去。

就這樣，這場謎樣的聚會持續了快要一個小時，不過在沒有發現任何解決對策的情況下結束了。或者更應該說，這場聚會在形式上已經是從頭到尾都在回答葛西的採訪問題了。

回去時我收到了一份正面寫著「謝禮」的信封，當中放了一張一萬日圓紙鈔。

我們四人建立了ＬＩＮＥ群組，我不發一語離開店鋪走向車站大樓。

「等一下啦阿光！我們回去的方向一樣，一起坐車吧！」

我聽到龍嗣追上來並發出這樣的叫喊聲。這種才剛見面沒多久就直接叫我名字的裝熟態度，也讓我覺得很困擾。

「不要那麼生氣嘛。因為我覺得照實說的話你就不會來了，而且我想跟同樣遭遇的人建立聯繫，這一點不是謊言。」

「聯繫了又能怎樣呢，反正大家都要死。」

「我覺得如果大家共同分享的話，像恐懼心之類的可以減輕一半吧。」

我對他的輕浮態度感到驚愕，默默地沿著來時路回去；他卻漫不在乎的繼續把話說個沒完。我暗自在內心吐槽，這簡直就是男版的淺海。

「就是那輛啦，那輛黑色的就是我的車，不要客氣上車吧。」

我將目光往他所指的方向一望，發現車站大樓旁邊有一處小停車場，那裡停著一輛綻放新車般光澤的黑色跑車。即使對車不熟悉的我也能一眼就知道那是輛高級車。我也記得小時候自己曾經擁有過形狀很像的玩具車，還一度希望可以實際坐上去看看。

雖然我已經聽說他是個受歡迎的樂手，不過因為還沒主流出道所以可能開的是輕型車，因此這輛車讓我相當驚訝。

「要坐上來嗎？」

面對他無憂無慮的笑容，我的回答是：「好」。

「原來樂團、有這麼賺錢啊。能開這麼貴的車。」

當我們離開停車場上高速公路的時候，我這麼詢問龍嗣。從剛才開始車內就一直響著很強調重低音的音樂，可能是他們的曲子吧。

「啊啊，這輛？那是我二十歲生日的時候父母親買給我的。才開了三年而已就馬上不能開了，真倒楣啊～～。」

他事不關己的笑著。因為他現在戴著太陽眼鏡，或許在他的眼睛深處常駐的是悲傷也說不定。

他說自己正在為新年的主流出道做準備，不知道是在勉強表現出開朗的舉止，還是本身性格就這麼樂觀；因為剛認識不久，我還不知道他的真面目。不過，從剛才聚會中的說話方式推測，他已經看破了人生；只有這一點是可以從他的言行舉止中看出來的。

「不過你更倒霉。我記得你才高二吧？哎呀～～這還真難受啊，嗯，真難受。」

「我其實不在意。該怎麼說，反正很快就要死了，我反倒認為早點死還不錯，總之我不後悔。」

這不是謊言也不是逞強，我脫口把自己的真心話說出來。自從收到來自死神的訊息以後，我的心境直到現在一直沒有改變。

「總覺得有點冷漠耶，最近的高中生就這種感覺吧？」

「是這樣的嗎？」

「是啊。或許是偏見，不過一有討厭的事情就馬上用嘴巴說他想死，這種人，我不太喜歡。」

「……這個嘛，確實也是有那種傢伙啦。」

「對吧。」

我確實曾經想死，但正確說來不是那樣。我不是想要死，而是想要消失。不是想死而是想消失。這兩者有很大的差別。雖然如果要問差別在哪裡的話我會很難說明，但我想拋棄一切，靜悄悄的逐漸消失。就像水母一樣，無影無蹤。

龍嗣在這之後就一言不發的開車。我則終於習慣了車內刺鼻的芳香劑味道以及立體聲音響的重低音，將視線投向窗外。

景色受到防風欄的阻擋，看不見了。

「阿光，差不多要到囉。你家在哪一帶？」

我被這聲音叫醒，才察覺車子已經行駛在一般道路上。回到熟悉的街道，讓我感到安心。

「還可以直走，沒問題。不好意思睡著了。」

「啊啊，這種事沒差啦。話說回來，你跟你父母親說了嗎？」

我在差點反問：「說什麼呢？」之前就先把嘴閉上了。就算不問，我也知道他指的是什麼。對我們來說那就像是共通語言，我認為也沒必要說出來，所以他大概也沒有刻意講明吧？

「我才沒說呢，他不可能相信我的。而且就算說了，也不可能改變什麼。」

「這個嘛也是啦。如果是醫生的話還可以再說，講自己受到死神餘命宣告這種事誰都不會信的啦～～。」

「龍嗣您相信嗎？」

他原本放鬆的表情突然緊繃，不過他的嘴角很快又平緩下來，並意味深長的低聲說道：

「不好說呢」。

車內播放的音樂現在切換成廣播。ＤＪ以低沉的美妙嗓音朗讀聽眾的來信，我默默地聽著那些信的內容。車內彌漫著鬱悶的氣氛，沉默到有些沉重。

在我說出「下一個紅綠燈右轉」之後，他只答了一個「喔」字。右轉以後，我告訴他要下車了。

「在這裡就可以了嗎？」

「是的。因為、馬上就到家了。」

「這樣啊。下次一起去吃飯吧，我請客。」

我點了點頭，從車上下來。當我最後對龍嗣說了句「真是謝謝您」之後，他就按下喇叭開車離去。

其實從這裡到家還有一段距離，但我想稍微散個步所以沒照實說。剛才龍嗣曾在一瞬間露出僵硬的表情，就這麼烙印在我的腦海中一直揮之不去。

果然今天我不該去那裡的。我一邊後悔，一邊走回自己家。

『這個週末，我們出去玩吧。』

進入十一月，在我的餘命還剩四十三日的那一天下午上課時，我收到龍嗣傳來的訊息。這訊息並沒有出現在四個人的群組聊天室裡，而是他個別聯絡我的。

我們的群組聊天方式基本上只有龍嗣和花音互傳訊息；我只讓訊息呈現已讀狀態，自始至終毫無反應；葛西則會確認採訪內容，或者抛出新的問題，但我對那些訊息也沒有回應。

『我會考慮一下。』

當我傳送這則回應訊息時鐘聲也響了起來，這一天的課程結束了。就在收拾好東西從座位上起身的時候，坐在我旁邊的關川又比出了那個手勢。

「……今天多少錢？」

「七十日圓就好。」

我把剛站上來的身子又坐下去，從口袋裡拿出錢包並把一百日圓硬幣放在他手上。他開朗的說了一聲「銘謝惠顧」並找錢給我。

「淺海喜歡的樂手是……赤紅巖石的翔也喔。」

「是喔。」

關川只留下這句話就離開了教室。雖然我不認識龍嗣以外的成員，不過竟然可以在這裡聽到最近自己才知道的樂團名字，坦白說我很驚訝。正如花音所說，赤紅巖石似乎真的是一個非常受歡迎的樂團。

我從座位上站起身來想要回家，卻聽見敲打窗戶的激烈雨聲，所以又坐了下去。可能是午後陣雨吧，因為今天早上沒下雨，所以我也沒有帶傘出來。

就算雨下不停，晚一點雨勢也會變小；我決定坐在自己的座位上等到那時候。

我把手機拿在手上查詢天氣預報應用程式，看來雨很快就會停。

相信天氣預報的我等了大約三十分鐘，可是看起來雨勢一點都沒有減弱的跡象。儘管原本還有幾個跟我一樣忘記帶傘的同學留下來，不過他們似乎都已經放棄等待離開教室，只剩我一個人。

又等了幾分鐘之後，宣告離校時間已到的鐘聲響了起來。正當我猶豫該怎麼辦的時候，教室的後門打開了。我轉頭一望，站在那裡的是淺海。

「咦，是崎本嗎？你怎麼還在這裡？」

「我、忘了帶傘。妳、妳也還沒回去啊。」

我沒再看淺海，而是將視線落在自己擱在桌面亂動的手掌上。跟水族館不一樣，教室太亮了，我無法直視她的臉。

「好像有別人拿錯了我的傘，所以雨停以前，我打算在校內散步打發時間。」

「原來如此。」

淺海說了一句「雨、還沒有停呢」，同時坐到了我旁邊的關川座位上。明明有那麼多空位，她卻故意坐在我旁邊。

站起來換個座位坐感覺也不太好，所以我沒有動作。我背對著她，讓身體面向窗戶。要破解這種狀況，已經只能一心等待雨停了。

「我說，之前我就有點在意了。」

就在我望著雨下不停的天空時，淺海從背後如此開啟話題。我沒有回頭，只問了一句：

「什麼？」

「崎本，你是不是很害羞啊？」

「……呃，沒啊，我不這麼認為。」

「你騙人。因為每次跟你說話的時候你都不看人家的眼睛，而且說到底，你幾乎都沒有跟女生說過話對吧？」

「有這回事嗎？我不太有印象了。」

我隨口回答，汗水開始大量滲出。

我從以前就不習慣看著女性的眼睛說話。雖然自己也覺得總有一天會被人指正，不過沒想到會是現在。

「那麼，你轉過來看我一下嘛。」

她這句話讓我心裡一驚。汗水沿著我的臉頰流下，為了不讓她看穿，我以緩慢的動作從口袋裡拿出手帕把流出來的汗水擦掉。對我來說這正是攸關生死的大危機。

就在我不斷思索要如何突破這種狀況的時候，淺海繞到我這邊，探頭俯視我的臉。

「哇靠！」

「啊哈哈！哇靠什麼啦。」

我不禁發出怪聲，面紅耳赤。這次我背向窗戶試圖逃避她的視線，但淺海又繞了回來。

我心想只要有一瞬間看她的眼睛說話，她應該就會滿意；於是我下定決心凝視她的眼睛，但撐不到一秒就移開了視線。

「你看，果然。你害羞了吧。」

「就說了，沒有這回事。」

「那麼，你可以看著我的眼睛十秒鐘嗎？」

她這句話讓我心臟差點都停了。我回想起前不久女生之間流行一種叫做「十秒對看大挑戰」的玩意，她們甚至會鬧著跟男生一起玩。好像只要對看十秒鐘，兩人就會墜入愛河。想不到她會對我用這一招，實在有點怪。

淺海重新坐回關川的座位，身體靠過來，僅以眼珠向上看著我。

「我已經準備好了，隨時都可以開始哦。」

我瞥了淺海一眼，她正用直率的眼神看著我。才剛擦過的臉頰，又開始流汗了。

我下定決心用力抬起頭來。

淺海那水亮的眼神正凝視著我。我對自己勸說，只要移開視線就輸了，並回望她的雙眸。

我突然陷入時間停止的感覺，直到剛才還聽得見的雨聲也消失了。

我唯一能聽見的是胸口心跳聲跟淺海開始緩慢倒數的聲音。可是，心跳聲蓋過了一切，就連近在眼前的淺海的聲音都逐漸消逝。

當我聽到淺海以微弱音量說著「四～～～～」的時候，汗水滲入眼睛讓視野模糊，我反射性閉上雙眼。教室的門也在此同時打開。

「你們還在這裡啊。趕快回家吧～～。」

以低沉的聲音說話的人是級任老師。他只說這句話就離開了教室。我對級任老師深表感謝，在內心說了一句「真是謝謝您」。

「明明再六秒就成功了呀。」

淺海嘟起嘴來不滿說道。搞不好我在這之前就會心臟病發作，讓挑戰強制結束也說不定。

我背對著淺海，又從口袋裡拿出手帕，擦拭臉上的汗水。

「啊，雨停了。」

我聽到她的聲音抬起頭來，看到雲層之間隱約露出了晴空。剛才雨聲之所以會聽不見，原來只是單純因為雨停了而已。

「如果又下雨的話就麻煩了，我們趕快回家吧。」

「啊，你看你看！彩虹出現了！」

淺海從座位上站起來把窗戶打開，用手機拍照。雨滴附著在窗玻璃上，讓外面看不太清楚。

我也從座位上起身，把淺海身旁的窗戶打開，仰望天空。

一座七彩拱橋正以巨大弧形的姿態高懸在那裡。

看著那道彩虹，我的心跳逐漸穩定了下來。儘管不及水母，不過彩虹似乎也有一些療癒效果。

應該過了有幾分鐘吧，我們兩人繼續一言不發仰望天空，彩虹也在我們的眼中逐漸變淡，淡到幾乎看不見了。

「消失了……如果老師再來的話就麻煩了，我們趕快回家吧。」

我對淺海出聲這麼說。

「等一下。」淺海說完就把窗戶關上，向我展示手機上的相片。

一道巨大的彩虹清晰的高懸在雲層之間。

「還好傘被別人拿走了。不然說不定、我就看不到這麼美麗的彩虹了。」

淺海一面這麼說一面微笑著凝視手機螢幕。她那幸福洋溢的表情與近距離的臉龐，讓我的心再次激烈跳動。

我們兩人把教室的燈關掉，踏進走廊。靜悄悄的走廊上，已經空無一人了。

由於一路跟到停車場來的淺海說了一句「一起回家吧」，因此我推著自行車，走了起來。

「啊，對了。你知道赤紅巖石嗎？」

為了不像剛才那樣被淺海牽著鼻子走，我打算先發制人並如此問道。淺海眼睛一亮，將臉靠近我並以興奮的聲調這麼說：「知道呀！」

「崎本也喜歡赤巖嗎？哇～～好開心。主唱翔也很帥對吧！你有喜歡的歌曲嗎？」

本來想先發制人，但我可能輸了。淺海將整個身子往我這邊靠得更近，幸好我跟她之間還有一輛自行車。我繼續勉強維持平常心向前走。

「呃，是叫什麼呢，那首歌。我整個忘掉了，可是那首歌我很喜歡啊。」

不知道是否順利糊弄過去了。歌名什麼的我連一首都不知道，就連「赤巖」這個簡稱也是剛剛才知道的。感覺在自掘墳墓的我，冒出了與恐懼症有別的汗水。

「是『炸竹筴魚排定食』？『鬍子沒刮好的早晨』？還是『被雷打到的你』呢？」

「呃，對，炸竹筴魚排定食。那首歌很棒喔。」

我被這些太有個性的歌曲標題弄得一頭霧水，但還是迅速這麼回答。我懷疑赤紅巖石的歌是不是真的有這麼暢銷，然而還是照這個步調配合她的話題。

「吉他手龍嗣先……龍嗣妳不喜歡嗎？」

「啊啊，龍嗣就還好吧。總覺得滿輕浮的樣子。」

妳說對了。但我果然沒辦法這麼說。

「這、這樣啊。」

這之後我繼續配合淺海的赤巖話題，一路隨口附和，抵達她要去坐的公車站。

因為好像又要下雨了，所以我在公車到站前和淺海告別。

我從她機關槍一般的談話中解放出來，鬆了一口氣。像這樣跟她說話，會讓我不知不覺忘記她身患重病的事情。淺海的生活跟健康的高中生沒有不一樣，也從來未曾表現出重病患者的模樣。她是在硬撐嗎？還是真的跟她說的一樣，現在身體狀況穩定？

我有幾次在上課時看過她偶爾咳嗽的樣子，也知道她在午餐以後會悄悄去吃好幾錠藥物。

如果說她再過一個半月就會病死的話，想必她的病情並不樂觀才對。我武斷的認為她只是沒有表現在臉上，一定一直在硬撐吧。

到家以後，我從口袋裡掏出手機，搜尋赤紅巖石的相關資訊。因為淺海如果再提這個話題會讓我很困擾，所以我想先把最低限度的知識記在腦中。

我看了歌曲一覽表，發現上面顯示出一大堆奇妙的歌名，忍不住笑出來。所有歌曲的作詞作曲，都是由吉他手龍嗣負責的。

我收起笑容，一心一意的蒐集他們的資訊。

這天晚上，正當我默默地把晚餐的咖哩飯送入口中時，爸爸唐突的開啟了話題。

「我說阿光，你的生日快到了吧？是這樣的……優子小姐說想慶祝一下，我們三個人要不要在你的生日那天一起去外面吃？優子小姐還說，如果你有什麼想要的東西，她會買給你喔。」

爸爸雖然一面神態平靜的把咖哩飯送入口中一面開口，但從說話的聲調聽起來，我知道他在緊張。畢竟我一直避開這方面的話題，而且爸爸考慮我的心情也盡量不開口。不過，我覺得這種事情不可能一直不去觸及，可拿生日之類的重大事件當藉口趁機挑起話題，這種方式也滿狡猾的。

我放下手上的湯匙，喝了一口開水以後如此告訴他：

「請你跟她說，我沒有想要的東西，所以禮物就不用了。我也不想去外面吃，就你們兩個人去吧。」

說完這句話以後，我拿著餐具走向流理台。我知道自己在逃避，更知道自己一直在給爸爸添麻煩。但我馬上就要死了，希望爸爸能容忍我這一點小任性。只要再忍一個半月就好，之後礙事的人一不在，你們兩人就可以好好發展關係了。

我在心中對爸爸如此傾訴，並一溜煙跑回房間，把自己關起來。

「赤紅巖石的歌名，為什麼有一大堆都那麼奇怪？」

這個星期六，我和龍嗣來到了保齡球館。

第一局結束，分數是157對62，龍嗣壓倒性勝利。

「標題很普通的話就很無聊啦。該怎麼說，我喜歡有衝擊性的東西。話說回來，你不會打保齡球吧？」

第二局開始，我拿著九磅重的紫色球對準球瓶滾過去，球剛滾到球道的一半就洗溝了。

「我從來沒打過保齡球。」

「真的假的，還有這種人喔？」

「我覺得有喔，還滿多的。」

「真的假的？」他再度低聲自語並起身站立。

龍嗣用清秀的投球姿勢拋出第一球，隨著一陣爽朗聲音響起，十個球瓶全數擊倒。

他輕輕握拳做出個慶祝架勢，露出笑容說：「今天狀況不錯啊。」

「做這些事情真的沒問題嗎？」

「什麼？」龍嗣如此反問。我記得他剩下的時間還不到一個月才對。

可能已經從我的沉默明白我的意思了吧，龍嗣呵了一聲開口說：

「反正我也沒有別的事情可以做啊。反倒是你才沒問題吧？難得放假，還和我一起玩保齡球。」

「因為我也沒有什麼事情可以做。與其找我，你跟樂團夥伴一起混不是比較好嗎？比方說翔也啦。」

「啊啊，算了吧，那些傢伙。他們現在只會聊明年主流出道的事，至於是誰讓他們能夠走到這一步的，那些傢伙是不會懂的啦。」

龍嗣露出不滿的表情，語帶悲憤的說。

根據前幾天我查到的資訊，赤紅巖石的隊長是龍嗣，四名成員從國中開始就是同校同學。高中一年級的時候，龍嗣邀請他們組成了赤紅巖石。他們主要在地方的展演空間活動，一點一滴的獲得以年輕一代為中心的歌迷欣賞。

去年他們在一個影片分享網站上傳的歌曲『炸竹筴魚排定食』引起網路關注，目前觀看次數已超過五百萬次。其後上傳的歌曲也廣受歡迎，並確定將在明年主流出道。

「我不在的話，那些傢伙就完蛋了。沒別的人可以寫曲囉。真不知道會怎麼樣耶，那些傢伙。會不會不小心就解散啊？」

龍嗣事不關己的說著。雖然我不太懂音樂所以並不清楚，不過樂團中負責作詞作曲的成員缺席，應該算是生死存亡的問題了吧。再加上團體成員想必都很要好，就算因為龍嗣不在而用一個新加入的成員替代，那也已經不再是赤紅巖石了。

我找不到可以對他說的話，只好一溜煙跑向球道，開始投球。

球緩緩的偏掉，最後只撞倒了最左邊的一根瓶子。

「我會先在天堂等你唷。記得告訴我，赤巖在我死後怎麼樣了啊。」

龍嗣淺淺微笑說出這樣的話語。

「不過嘛，Sensenmann的預言真的會應驗嗎？老實說，我還是半信半疑。」

我並沒有要安慰他，而是說出了自己的真心話。果然要完全相信，還是有點困難。雖說推特上的預言命中率是百分之百，但跟非公開預言有關的資料還太少。

「我想，大概真的會應驗。」

龍嗣用悄悄話的音量這麼說。

「大約兩年前吧，我把好多朋友的照片傳送給Sensenmann，然後有回覆來了。是我高中時候的同學，說什麼十八天後就會死。那時候我不相信，可是那傢伙十八天後真的死了。是從鐵路車站的月臺跳下去的。」

龍嗣的話讓我不自覺打了個寒顫。果然連非公開的預言，也是百分之百命中的嗎？

遠處球道響起了歡呼聲，還有球瓶碰撞的聲音和球滾動的聲響。雖然場內熱鬧，但只有我和龍嗣的球道彷彿處在另一個世界一般為寂靜所包圍。

「那種事，不可能隨便亂猜就猜得到。如果不是真的知道會死，怎麼可能猜得到？所以我跟你、葛西大叔跟花音的兒時玩伴，都會跟宣告一樣死掉的。」

這回是旁邊的球道傳來一陣悲鳴。我望了一下，應該是一個大學生跟朋友對戰輸了吧，他沮喪的垂下肩膀。

龍嗣站起身來，單手抓住他自己的橙色球並擺出架勢。

他將球投出，結果是最左跟最右二邊各剩下一根球瓶，這據說叫「技術球」。總覺得剩下來的那兩根球瓶，正在用憐憫的神情凝視著我和龍嗣。

龍嗣接著投出去的球只擊倒了最右邊的球瓶，沒有全倒。

過了一個禮拜以後的星期六，我在這一天又坐上了龍嗣的車。

「話說昨天，我收到了來自Sensenmann的回應。」

坐在副駕駛座的我在車子停下來等紅燈的時候，向龍嗣展示了手機螢幕。

那是針對我先前傳送給他的訊息：『相片中的兩人不論怎麼樣都沒救了嗎？』所做的回應。以前我傳的訊息全都被忽視，但突然就收到這樣的回應：

『為了不讓自己後悔，請用珍惜的心跟對方度過最後的時光，並親眼見證對方的死。』

「好不負責任的傢伙啊，自己宣告死亡就不管了。」

龍嗣嗤笑一聲之後，喝了一口寶特瓶裝的運動飲料。號誌變成綠燈，車子重新發動。

「不過是我們自己問的，所以也沒資格抱怨。」

「是沒錯啦。可是Sensenmann到底是什麼樣的傢伙呢？我猜大概是個四十多歲還是五十歲左右的有錢禿頭大叔吧？正在一面用單手拿著紅酒杯，一面玩弄人的死亡取樂呢，一定是這樣的。」

龍嗣聳了聳肩說道。我則將視線落在手機螢幕上。

『從現在起，我會對看得見壽命的人回訊息。因為不希望讓大家誤解所以聲明在先：我之所以告知壽命並不是為了好玩，而是希望您可以有意義的運用剩下的時間，絕對沒有侮辱人命的意思。』

昨天下午Sensenmann發了這樣的推文。雖然我也不知道他究竟是什麼樣的人物，不過總覺得他一定不會是像我這樣的一介高中生吧？

「差不多要到囉。」

我把目光移向車窗外面，左手邊可以看到熟悉的鐵路車站，那是我兩個禮拜以前才來過的地方。龍嗣在鐵路車站旁邊的停車場將車停好。

下車之後，我們兩人一起走向鄰近的咖啡廳，這是先前龍嗣、葛西、花音還有我四人聚會的店家。因為葛西說文章已經完成需要確認它的內容，還想要追加採訪，所以我和龍嗣兩個人就一起來了。順帶一提，花音也很想來，但她的兒時玩伴身體狀況不佳，所以今天缺席。

我們到了店裡，葛西已經到了，他坐在跟上次相同的位子上，喝著冰咖啡。

「哦，終於來了。上次也是這樣，身為一個社會人士遲到可不好哦。」

雖然葛西馬上就當面吐槽，不過龍嗣卻用一句「我是自由業的」輕鬆回應。他點了咖啡，我則點了薑汁汽水。

「那麼雖然不好意思有點急，不過可以開始採訪了嗎？」

葛西從包包裡面拿出筆記本和原子筆，將它們擺在桌上。龍嗣搶先說了一句「在這之前呢」。

「我說葛西，你是明天沒錯吧，我記得。」

在咖啡送來之後，龍嗣又執著的等到它涼才先喝一口，然後低聲這麼說。葛西的餘命在我們當中是最短的。

「啊啊，這麼說來是這樣沒錯啊。不過嘛，反正大家都不會死啦。因為如果把文案往死的方向寫會比較有趣，所以不好意思，就讓我寫成大家都死了吧。」

「假如預言成真了的話，又該怎麼辦呢？」

我詢問葛西。他先喝了一口冰咖啡，然後顯出厭煩的神色如此回答：

「你知道嗎，那種東西不用說全都是在惡作劇啦。這種事情、很常見吧。說什麼知道人的壽命就是在愚弄人。那些預言推文也只會把命中的留著，沒中的就一定會刪除。我明白你們的心情，但會相信那種東西的人，也只有國高中生而已啦。」

「不過嘛，明天我如果沒死的話，大家也就能放心囉。」葛西以一派悠哉的表情補充了這句話。

我和龍嗣判斷繼續反問下去也只是在打嘴砲而已，所以沒有反駁，而是回答葛西的問題。

葛西果然還是幾乎對我沒有興趣，一直都在對龍嗣拋問題。雖然受訪者大致上會匿名，不過葛西似乎打算在文章裡寫出「某受歡迎樂團隊長」的身分。

採訪在大約一小時後結束。

「那種裝得好像很悠哉的傢伙，在電影裡頭通常都是第一個死的。」

在回程的車裡，龍嗣不太高興的低聲碎念。不知是不是因為煩躁的關係，他踩下油門開始超速了。

「是啊。」我有同感。

臨走時，我從葛西那邊收下一份寫著「謝禮」的信封，裡面有一張五千日圓紙鈔。

我用這筆錢和龍嗣去吃燒肉，在那裡我第一次向龍嗣提到了淺海的事。總覺得如果是他的話，我說出來應該也沒關係。

龍嗣雖然平常一直很輕浮，但如果聊到認真的話題，他卻會像親人一樣，認真聽你訴說。

雖然我用「同班女同學」模糊帶過，但還是被他看透並補了一句「那個女人、你喜歡她吧」。說實話，我沒辦法斷定，自己是不是喜歡淺海。我確實把她當成異性、另眼看待，可是我從沒談過戀愛，所以連我自己也不明白自己的感情。

「這就叫喜歡啦。」龍嗣是這麼說的。不過臉頰越來越熱的我硬是改變話題，然而龍嗣立刻把話題拉回來，並一本正經的危言聳聽：「搞不好你們兩個都會受到某個事件的波及而死亡啊」。的確，這種發展也不是沒有可能性，但我還是認為淺海會病死。

「可以跟喜歡的人同一天死，感覺像是命運一樣，很好啊。比獨自一個人死要好太多了吧。」

「命運嗎……」

我低聲自語，隨即慌忙否認：「不是，她才不是我喜歡的人」。可能我的反應很好笑吧，龍嗣放聲大笑了。

在這之後我又跟他聊了一些無關緊要的話題，直到晚上十點多才回家。

葛西身亡，是在第二天傍晚發生的事。我一整天都把自己關在房間裡，從第一集開始複習我以前看過的漫畫。

當我正在閱讀第十二集的時候，手機響了。在我們四個人建立的群組聊天室裡，龍嗣只傳送了一條網路新聞的超連結（URL）上來，沒有任何評論。

我點進超連結，看到一則發生隨機殺人事件的新聞快報。這是一樁行人陸續遭到兇手持刀刺殺的淒慘事件，依據新聞報導死傷者共計四名。

網頁上面記載其中一名死者的名字是『葛西正則』。我回訊息表示『是否有同名同姓不同人的可能性？』，但龍嗣很快就傳送訊息過來：『我聯絡不上葛西』。

的確，已讀旁邊的數字一直都是2，沒有變過。事件發生的地點也是他居住的地區，我們做出了結論，應該就是那個葛西不會錯了。

『原來不是惡作劇啊。果然，我也要死了嗎……？』

『不要死啊！我不想看到沒有龍嗣的赤紅巖石！」

『3Q～不過，大概真的會死吧。我會、阿光也會。」

『不要死啊……』

花音和龍嗣的對話在手機螢幕上流動。我有些沮喪，心想花音如果也多關心我一點就好了，同時把螢幕關掉。

龍嗣也親口說過，Sensenmann的預言果然是真的。我跟龍嗣與花音的兒時玩伴，還有淺海，都會如同宣告一般死亡。

老實說，隨著死亡的逼近，我曾隱約覺得我跟淺海說不定都不會死。然而葛西的死亡讓我幾乎堅信，再過一個多月，我和淺海就會死。這是無法改變的命運。

已經沒心情看漫畫的我，重新開啟手機閱讀葛西的報導。想到大約一個月以後，我的名字說不定也會刊登在上面，原本感覺還很遙遠的死期，倏地壓得我喘不過氣來，令我開始多少產生了恐懼感。

第二天開始，我連續三天沒有去學校。

倒不是因為身體不舒服，只是覺得沒有心情去學校。畢竟葛西身亡的事情讓我內心沉痛，而且他的死因也令人震驚。

據說葛西的身體上有數十處刀傷。兇手是一名二十多歲的男性，他供稱自己並不認識包含葛西在內的所有受害者，對任何人都可以下手。

我無法把葛西的死當成是別人的事。我、淺海、甚至龍嗣說不定都有可能死得這麼淒慘。而且這不只有我們會這樣，對全人類來說也適用。

「阿光，生日快樂。今天晚上，真的不行嗎？優子小姐很想慶祝你的生日呢。」

一大早，爸爸在離開家門以前來到我的房間，難以啟齒的說道。直到他說出這句話，我才意識到今天是我的生日。

「不了，今天就算了。我還有點不舒服。」

「……這樣啊，知道了。你沒去醫院真的不要緊嗎？」

「嗯，不要緊。」

我告訴爸爸因為身體不舒服而跟學校請假。雖然也覺得今天的活動不參加的話會有些過意不去，不過照計畫我會在剛好一個月之後死掉，所以我沒打算再跟優子小姐見面。

「知道了。那麼，今天我會早點回家，我來做飯。」

「不用了，我不要緊，你去和優子小姐見面吧。」

「這樣不行吧。好了，你今天就好好靜養吧。」

說完這句話，爸爸就離開了房間。

都是因為我，他們兩人的計劃都毀了。倏地，內心一陣刺痛。

儘管被要求靜養，但一到下午我還是離開家門。我騎上自行車踩下踏板，以我的心靈綠洲為目標前進。每當沮喪或內心受傷的時候，我都會去那裡尋求療癒。

當我抵達日昇水族館的時候，時鐘的針已經轉到了下午三點多。我出示遊館護照，入場參觀。遊客人數不多，讓我可以輕鬆自在地欣賞水族箱。

我真的覺得很奇妙。因為光是遠觀在水族箱當中游動的魚群，受傷的心靈就可以治癒。我也想進入其中，任由水流帶動，輕漂浮游。

「啊，果然在這裡。」

當我走到自己最喜歡的水母區，心無雜念的凝視著那些水母的時候，背後傳來了自己熟悉的聲音。我回頭一望，身穿制服的淺海站在那裡。

「咦，妳怎麼會在這？」

「這是我的台詞。我聽說你身體不舒服所以請假了。」

她走到我的身邊，並將目光移向水母的水族箱。我退了一步的距離，凝視著她。

「佐伯先生他們不知道好不好？晚點回去以前去跟他們打招呼吧。」

「嗯，回去的時候再說。」

這回我被淺海帶到了環場水族箱前面，並在附近的長椅上坐了下來。這裡有各種海洋生物川流不息的游動，似乎是她喜歡的水族箱。

這座同時展示鯊魚、魔鬼魚、青花魚以及海龜等生物的水族箱，也是日昇水族館的一大亮點。

我從在自己眼前游來游去的魚群中移開視線，低頭盯著深藍色的地板。該不該告訴她死亡迫在眉睫的事呢？我又開始感到迷惑。先前是因為半信半疑所以我猶豫要不要告訴她，不過我和淺海想必都已經沒救了。

雖然我認為有些事情不知道會比較幸福，但如果是我的話，絕對希望有人跟我說，而且我更無法忍受除了我以外，還有誰事先知道我會死這件事。

「抱歉——」

「水族館果然很讓人放鬆呢。這種昏暗的感覺也剛剛好，光是待在這裡就覺得很療癒。等一下，你剛才要說什麼？」

「沒。」我說了這個字就閉口不言。才正要說話就被她的聲音蓋過去，讓我的氣勢削減大半。

因為淺海繼續開口主張「這種亮度真不錯」，於是我補充說明。

「雖然營造氣氛也是這裡會比較暗的其中一個理由，不過最重要的原因其實是讓魚群不容易看清人類。這是為了讓魚群不感到恐懼，保護牠們免受壓力。」

看著巨大的水族箱，我忽然心想，其實我們也正被死神在某個地方監視著吧？儘管平時並不會意識到他的存在，但在死期將至的今天，我不自覺地意識到那個嘲笑我們的死神。

「是這樣嗎？這我就不知道了，真不愧是魚博士。」

「別叫我博士。」

「那就、教授。」

「這更不對了。」

我們就持續了幾分鐘這種無聊的對話。即便在學校交談時我總是汗流浹背，不過奇妙的是我現在卻能夠在這裡平靜交談。我的內心平靜安穩到可以讓我的思緒逍遙自在，甚至令我以為自己真的化為水母了。

「啊，對了，這個。」

淺海一面這麼說一面在書包裡翻找東西。她從裡頭拿出一只綁著緞帶的藍色袋子，將它遞給我。

「崎本，今天是你的生日對不對？這個，送給你。」

淺海一臉平常的說完這些話以後，將視線從我身上移開。這是我第一次從非家人手中收到禮物，心跳得好大聲。

為了不讓她發覺我內心的激動，我板起臉孔解開緞帶確認袋子裡的東西，裡面放的是一條黑灰相間方格條紋的圍巾。

「最近天氣變冷了，我在想送圍巾之類的比較好。」

「啊，謝謝。不過，妳是怎麼知道我生日的？」

「我只是從別人那裡聽說的。如果你不需要，就扔掉好了。」

她維持別過臉去的姿態這麼說。我內心疑惑，會有誰知道我的生日啊？

「不，我要。謝謝。」

「嗯。」

對話剛結束，館內就傳來通知閉館的廣播聲。我用雙手輕柔的握著圍巾，確認手上的觸感。我的心情與其說是高興，驚奇的成分還更大一點。

「借我用一下。」

淺海起身站立，從我手中取走圍巾，幫我圍在脖子上。

「嗯，很適合你。我果然很有品味。」

淺海近在咫尺且自鳴得意的笑容震撼了我的心。原本在我心中對她的情感並不是很真切，但在這個瞬間，我感覺自己對她的心情逐漸明確了起來。

——為了不讓自己後悔，請用珍惜的心跟對方度過最後的時光，並親眼見證對方的死。

就在這一刻，死神的話語在我的腦海中閃過。

我決定要用珍惜的心，跟淺海度過最後的時光。

「啊，公車來了。」

我們走到公車站時，正好淺海要搭乘的公車到站，於是我就跟她道別了。道別時，我再次對她送我圍巾這件事表達感謝，結果她回了一句「我的生日，是十二月二十五日哦」，讓我感到困惑。我非常想要回禮，但在那個時候，我和淺海都不會在這個世界上了。

面對大大揮手要我明天來學校的淺海，我輕輕的點了點頭。

回家之後我進到自己房間，看到書桌上擺著一只綁著緞帶的紙袋。包裝得非常精美，再遲鈍的人也能一眼看出那是生日禮物。紙袋旁邊還附有一封信，上面用秀麗的字跡寫上『致阿光』這幾個字。

『阿光，祝你生日快樂。本來是想直接跟你見面並親手交給你的，但聽說你感冒了，所以寫了這封信。最近天氣變冷了，請你一定要注意身體。我不確定你是否會喜歡，不過如果可以的話請穿穿看。過幾天我們再跟你爸爸一起去吃飯。優子敬上。』

紙袋裡放著一件黑色毛衣，品牌看起來相當昂貴，尺寸完全合身。

房間的門傳出了敲門聲，爸爸探頭進來看著我。

「身體有沒有好一點？剛才啊、優子小姐來過了。這個、是她買給你的，下次要記得道謝啊。」

我沒有回答。在幾秒鐘的沉默之後，爸爸沒有再說什麼，靜靜的把門關上。

我忽然心想，如果我的死亡不是確定的事情，我會怎麼做呢？我會坦率的親近她嗎，還是會像現在這樣拒絕對方？我知道優子小姐跟母親並不一樣，但我還是覺得要打開心扉可能還是很難。

我嘆了口氣，小心翼翼地將信摺好，收進書桌抽屜深處。

第二天，也就是星期四的時候，換淺海跟學校連續請兩天假了。級任老師說她身體不舒服，但根據我用兩百日圓從關川那裡買來的情報，淺海好像住院了。關川用沉痛的表情跟難以啟齒的口氣，告訴我她住的醫院和病房的號碼。

雖然不知道細節，不過淺海的一群好友告訴我，他們要在星期六上午去探病；所以我決定避開這個時段，下午再去看看她的情況。

星期六上午我看漫畫打發時間，直到下午才騎自行車前往淺海住院的醫院。我曾煩惱過要不要帶什麼伴手禮去看她，不過不知道要買什麼過去才好，結果就是「空手到」了。

我走到病房前面，聽到裡面傳來說話的聲音，原本要伸過去開門的手也停了下來。這是一間單人病房，從說話的聲音推測，淺海的那群朋友似乎還在。

我決定先下到一樓，在販賣部買了本漫畫坐在候診大廳的椅子上等她們離開。

過了大約三十分鐘左右，我聽到一陣吵鬧聲，轉頭望去，看到穿睡衣的淺海和穿便服的那群朋友從電梯裡走出來，她們全都是我們班的女生。我用漫畫書把臉遮住，不讓她們發現我。

當我發覺到聲音消失的時候，只剩下淺海站在通往院外的自動門前面。淺海對自動門外的那群朋友揮手微笑，才一轉過身來，她的表情就蒙上了陰影。那表情與其說是正經嚴肅，還不如說是有些陰沉。這是我第一次看到她露出那樣的表情，讓我原本打算站起來的身體又坐了回去。

「咦，崎本？」

淺海很快就發現到我，臉上也露出燦爛的笑容。那笑容似乎是勉強撐出來的，而且她的臉色也不太好。

「你也來看我啦？啊，還是說你是來做什麼檢查的？或者你是來看別人的嗎？」

她接二連三拋出問題，我則老實回答：「我是來看妳的」。她高興的說了：「真謝謝你特地過來」。

我們一起搭電梯前往病房。她的身體狀況果然不太好，話比平時少了很多。

到達病房以後，淺海躺在上半部單獨升起的病床上，請我在椅子上坐下來。

病房正面有一扇大窗戶，病床旁邊擺著一台小電視和一個冰箱。床邊桌上擺著鮮花水果，可能是她那群朋友帶來的禮物吧。

「抱歉，如果可以的話這個送你。」

我對「空手到」感到後悔，連忙把手上拿的漫畫書遞給淺海。

「謝謝。有趣嗎？這本。」

她翻了好幾頁。我想起這是一本低級的搞笑漫畫，於是老實陳述自己的感想：「我想男生都會喜歡這種漫畫」。

「可是，我是女生啊。」

被逗笑的淺海說了這句話之後，就把漫畫書闔上。我把自己很關心的事情問出來：

「請問，妳的身體還好嗎？」

「啊，嗯，我只是住院幾天做點檢查，預定明天出院，我想星期一就可以回學校了。」

「這樣啊，沒什麼大事就好。」

「嗯，謝謝。」

我們之間籠罩著罕見的沉默，我也冒出了久未出現的汗水。今天的她有些不對勁。剛才還表現得很開朗，但她真的有那麼不舒服嗎？

「發生什麼事了？」

我直接發問。淺海笑著回答「沒什麼事啊」，但在我看來，她的表情有些僵硬。她又沉默下去，我也閉口不說話。雖然才剛來沒多久，但我覺得還是回去比較好，於是站起身來。

就在這時，我看見她的眼角掉下了什麼。

「啊，對不起。這沒什麼的，沒什麼事啦。」

淺海邊說邊用手指拭去淚水。第一次看到她哭的我，傻傻的站在原地不動。

「要怎麼說，我在想，為什麼我總是在這一邊。」

「這一邊是？」

「住院等人家來探病的這一邊。從以前就是這樣，現在也是。當好朋友們來看我、又走掉以後，我總是感到很空虛，覺得非常寂寞。」

「……這樣啊。」

我覺得在這種時候沒能力說出貼心話的自己很沒用。即便淺海可能不需要安慰，不過一個能幹的男人一定會關照她的心情，並且若無其事的說出最適合的話語吧。然而我做不到那種事。又有一滴眼淚，從淺海的眼中流落。我不知道該怎麼辦才好，只能低下頭，等她哭完。

就在這個時候，我的手機發出聲響打破了沉默。緊繃的氣氛有所弛緩，讓我內心如釋重負。我看了一下，是來自龍嗣的訊息。

『明天出遠門，陪我一起去吧。』

跟他平常的訊息一樣沒有表情符號，簡單表達主題。我決定晚一點再回訊息，把手機放回口袋。淺海正在擤鼻涕。

「我也不喜歡『病人』或『患者』這一類的詞，討厭用這些字眼把我從健康的人當中排除掉的說法。我只是身體狀況比其他人差一點而已。」

「嗯。」

「再說了，你不覺得把『生病的人』寫成『病人』很過分嗎？我又沒有病。不對，雖然我確實是有生病，可是有沒有其他更好的詞來形容呢？像是『不健康人』之類的。不對這個也不好。」

淺海又回到了平常的狀態，用字遣詞相當流暢，應該是哭過以後心情舒服多了吧。我稍微安心了點，在椅子上坐下來跟她對話。而在隨聲附和的同時我也苦笑起來，心想這才是淺海莉奈該有的樣子啊。

「妳知不知道有一種不老不死、很特別的水母，叫燈塔水母？」

我忽然想起這個話題，並詢問淺海。

「不老不死？有種水母嗎？」

「嗯。一般水母的壽命大約在一年左右，不過燈塔水母在感受到壓力或是在身體受傷衰弱時，可以回覆成『水螅型』，也就是水母的幼生型態，重新度過一生。因為它可以無限次這樣重生，所以被稱為不老不死。不過，因為絕大多數個體會遭受獵食，所以我認為從古代就一直生存下來的燈塔水母應該是不存在的。」

「這樣啊～～」淺海以佩服的神情出聲附和。我以前從飼育員佐伯先生那邊第一次聽到這個故事的時候，也是跟淺海一樣張大雙眼低聲感嘆：怎麼會有這麼令人羨慕的生物啊？

不管在學校遇到什麼不愉快的事，或者是在意外事故中受到重傷，甚至是被病痛折磨，都可以變回嬰兒歸零重生。

用遊戲來比喻的話，就像是隨時都可按下重置按鈕一樣。我常想，如果人類也具有這麼方便的功能該有多好。對我來說，具備所有必要功能的燈塔水母實在讓我發自內心羨慕不已。

「水母真的是奇妙的生物呢。不老不死啊～～」

淺海以微弱的音量喃喃自語。我原以為她一定會說出「我也想變成燈塔水母，重新開始人生」之類的話，但她的反應有點平淡。

「妳沒想過像燈塔水母那樣，重新開始人生嗎？」

我覺得這種重新開始的功能，反而更符合像她這樣的病人的需要。恢復健康的身體，盡情享受人生。就算是健康的我都想要這種能力，淺海應該也會想要才對。

但她搖了搖頭。

「我不會這麼想耶。人生就是因為只有一次才好。雖然我覺得可以不斷重新開始，的確是很有趣，可是我認為，我是由過去的錯誤和後悔積累而成的，如果把這一切都捨棄掉感覺就太可惜了。正因人生是單行道不能回頭，大家才會向前看努力生活，一定是這樣的。」

我也覺得她說的確實有道理。對淺海而言，接受移植手術，在某種意義上也可以說是重啟人生。

移植健康的肺，邁向新的人生。對於這種做法並沒有積極意願的她所提出來的見解，讓我找不到話語回應。

「你覺得人死後會怎樣呢？」

淺海突然拋出了一個似乎沒有答案的問題。因為我已經對這類問題設想過很多次，所以毫不猶豫的表達了自己的想法。

「我猜，可能是一片虛無吧。我想在死後那一瞬間一切就結束了。沒有天堂也沒有地獄，只有虛無。我是這麼認為的。」

我才這麼說出口就馬上後悔，覺得剛才失言了。這絕對不該是對生病住院的她說的話。

「虛無啊。如果真的是虛無的話會很寂寞吧。也許死前的功績跟經歷之類的會留下遺跡，可是最關鍵的自己卻變成虛無消失了，感覺會有點寂寞。我想從天堂偷看一下我死後的世界，也想見到已經過世的奶奶。如果死後可以在天堂跟人再相見的話，我會覺得死亡也不壞吧？」

淺海用手托著下巴，一臉正經的說。看來她並沒有介意我的失言，我安心的鬆了一口氣。

「像天堂或是地獄之類的，畢竟是人類創造出來的東西，所以也不好說。不過嘛，我也覺得如果真的存在的話就好了。」

「我呢，小時候看過幽靈，所以死後的世界一定存在。我投天堂存在一票！」我在附和她那帶點孩子氣的發言時，也回想起前幾天身亡的葛西。他被殺害之後會怎樣呢？是變成虛無了嗎，還是往生到另外某個世界？

馬上就要離開這個人世的龍嗣、淺海跟我，死後又會怎樣呢？我們的身體將會成為遺體，最終剩下骨頭，但靈魂在死亡的瞬間會消失變成虛無嗎？

這時候在我腦海中浮現出來的，是在水族箱中盤桓飄游的水母。死亡以後會溶解消失，也不留任何痕跡，甚至連變成虛無都無人察覺的水母，果然還是讓我很羨慕。

「崎本？你在聽嗎？」

「咦？啊，抱歉。你剛才說什麼來著？」

「我說，像鬼屋之類的你沒問題吧？」

在我沉思的時候，話題已經偏到別的地方去了。

「啊啊，完全沒問題。像是雲霄飛車啦，這一類的遊樂設施我還滿愛玩的。淺海呢？」

「我就不行了，高的東西我也沒辦法。」

「這樣啊。」我笑著說。隨後我繼續陪她聊天，看她在聊天的過程中逐漸恢復成平常的淺海，我也感到安心。直到日落之後，我才回家。

《溝通能力倍增！讀了這本書，你也可以和人侃侃而談》

《讀了這本書，你也可以成為戀愛大師！》

第二天上午，我來到附近的書店，伸手拿了幾本書名一看就很詭異的書，又把書本放回書架，心想這種東西真的會有人買嗎？

接下來，我伸手拿起旁邊的一本書。

《讀了這本書就能解決！恐女症的治療方法》

這似乎是「讀了這本書」系列的最新書刊。我隨手翻了幾頁大略瀏覽了一下，但我覺得就算讀了也沒辦法讓我有所改善，於是闔上了書本。

「哦，在這裡在這裡。不好意思，來晚了。」

當我把書放回書架時，龍嗣嘴裡含著棒棒糖走過來了。他比約定的時間晚了二十分鐘。

「我們快走吧。」

雖然我覺得這不是遲到的人該說的話，不過還是點頭同意，坐上了他的車的副駕駛座。

因為目的地是個就算走高速公路也需要四個小時的地方，所以儘管這個邀約很突然，不過沒有既定行程的我，還是接受了他的邀請。

午餐是在服務區解決的，等我們抵達目的地已經是下午兩點多的時候。車上一路反覆播放赤紅巖石樂團的歌曲，在抵達的時候我已經把所有歌詞幾乎都記住了。

車子停在了一家全國連鎖ＫＴＶ的停車場。

「午安。」

當我們下車時，花音正在店門口等待。白色的針織毛衣和方格條紋裙子的西式服裝穿搭，讓她看起來相當成熟。

今天的預定行程是觀光順便去見花音，所以我們來到她居住的城鎮。

其實最近這陣子，花音在我們四個人建立的群組聊天室裡傳送了好幾則暗示自殺的訊息。因為無法承受兒時玩伴死期將近的痛苦，她透露了「我也想要一起死」的念頭。她說自己跟我一樣一開始也是半信半疑，但葛西的死後讓她轉為堅信，為害怕失去他而感到驚恐。

看不下去的龍嗣挺身而出，我也跟著一起來了。花音看起來臉色不太好，可能是因為睡眠不足的關係吧，她雖然露出微笑，但看起來只有嘴角在笑，很不自然。

我們被帶到包廂，龍嗣立刻點飲料。包廂裡並列著幾張大沙發，空間大到給我們三個人用綽綽有餘。

「一個大人帶一個國中生跟一個高中生到處玩，這樣真的沒問題嗎？如果有人檢舉怎麼辦？」

在點完餐點後，我對龍嗣如此問道。金髮墨鏡青年跟國高中生的奇妙的組合，剛才就讓櫃臺的服務員一直用狐疑的眼神打量我們。畢竟花音一副娃娃臉，而我的長相一眼就看得出是個高中生。

「只要不喝酒就沒問題啦。我們就說是三兄妹吧。」

「這樣子反而更可疑啊。哪有這麼不像的三兄妹。」

「那我就說自己也是高中生好了。應該還行得通。」

「不，我覺得行不通。」

花音看著我和龍嗣的這段對話，嘻嘻笑出聲來。雖然我不是為了要讓她打起精神才開始講漫才的，不過龍嗣對著我豎起了大拇指，說了聲「幹得好」。

龍嗣用觸控面板式的遙控點歌器點了赤巖的歌，開唱第一曲。接下來，花音用可愛的聲音唱起了流行歌。不太擅長唱歌的我則點了『炸竹筴魚排定食』這首歌，盡力讓現場氣氛熱鬧起來。

「所以，他的身體狀況怎麼樣？」

開唱了一個多小時以後，龍嗣一面看著菜單一面低聲這麼說。花音低下頭，沉默不語。在電視螢幕上，我不認識的樂手正在宣傳新歌。

「……情況不太好。接下來他要動手術，可是聽說是很大的手術，他跟我說如果手術失敗的話，可能會死掉。」

花音滴下淚，吃力的說出這些話。我對她的處境深感同情，因為我的腦海中突然浮現了同樣飽受疾病折磨的淺海的臉。

龍嗣將手臂交疊在胸前低聲沉吟。看來他跟我一樣都說不出最合適的話語吧。我的腦海只能浮現「畢竟是生病了，這也是沒辦法的事」這種連安慰都談不上的詞句，我覺得淺海應該會討厭這種話。

「為了不讓自己後悔，也只能用珍惜的心跟對方度過剩下的時光了吧？畢竟死亡是無法避免的命運，花音只要好好跟他一起度過這段日子，不讓自己後悔就好了。」

龍嗣把Sensenmann傳送我的話講得好像是他自己說的一樣。花音露出了恍然大悟的表情，以尊敬的眼神望向龍嗣，說：「說的也是」，讓我覺得龍嗣有點奸詐。

「我會把我喜歡他的心意告訴他。如果我繼續不說，他真的死了，我會後悔一輩子。」

我感覺她原本黯淡的眼瞳，似乎重新燃起了光芒。就算是我告訴花音同樣一段話，想必也不會出現這樣的效果。因為是龍嗣才這麼有影響力。在音樂家的話語中，或許寄宿著靈魂般的重量。

為了驅散沉重的氣氛，花音點了一首快節奏的愛情歌曲並拿起麥克風，龍嗣則伸手拿起鈴鼓增加氣氛，並加入和聲。

之後龍嗣又點了一首赤巖的歌，在他唱完後這一攤就結束了。

「今天真的非常謝謝你們，我一輩子都會記得你們二位的。」

面對即將死去的我們，花音噙著淚水如此說。龍嗣苦笑著輕拍花音的肩膀，說了聲「加油啊」；我們就在這裡跟她告別了。

我和龍嗣隨後前往花音推薦的觀光景點。在參觀了幾百年前建造的著名城堡以後，我們品嚐了當地的名產料理。

「啊，對了，下個星期日我們會辦一場地方演唱會，可以的話你要不要也來看？我有兩張多出來的門票就送你吧。先前你說到的、是叫淺海對不對？可以約她啊，像花音那樣去跟她告白不是很好？」

回家路上，當車子在紅燈前停下來的時候，龍嗣把夾在遮陽板內側的兩張門票拿出來遞給我。

『Red Stones Last Live』

「赤紅巖石、最後演唱會？」

我把門票上的文字唸出來，這個標題感覺上像是樂團要解散一樣。

「這是在主流出道前，身為獨立樂團的我們的最後演唱會啦。這場演唱會結束以後就是新生赤紅巖石的開始，說得耍帥一點，就像到了第二章吧。」

前方的號誌轉成綠燈，龍嗣踩下了油門。聽到這些話的我，心中充滿複雜的情緒。

「很好笑吧？決定這個標題的，就是我啊。結果居然真的成了我的最後演唱會……。」

龍嗣放聲大笑，可是我笑不出來。他在樂團正要起步的時候不得不死。留在世上的成員和他們的歌迷當然會悲傷，可是龍嗣的哀痛是無法衡量的。即使這樣他還是笑得出來，我覺得他真的是一個堅強的人。

「反正你也很閒，就約那個女孩來看如何？」

「……好的，我一定會去看的。謝謝您送我門票。」

我說完這句話，就一直盯著手上的兩張門票。

從來沒有主動約異性出去玩的我，能夠約淺海去看演唱會嗎？雖然這還要看她的行程和身體狀況，但光是想著要怎麼把門票交給她，就讓我頭痛不已。

「反正都要死，如果能死在舞臺上就最好了。這樣一來也符合我本來的願望，還可以成為傳奇啊。」

依照預言，龍嗣將在這場演唱會後三天亡故。雖然沒有任何根據，可是我卻覺得龍嗣不可能會死。我完全無法想像，甚至也沒感受到他有死亡的跡象。他和身患疾病的淺海跟花音的兒時玩伴不一樣，而葛西則是自己立了一個完美的死亡旗標。不管怎麼說，我都沒辦法想像龍嗣死亡的模樣。

車內瀰漫著沉悶的氣氛。龍嗣對我講述了赤紅巖石的組團祕辛。

「主唱翔也從幼兒園的時候就跟我一起混。我在第一次聽到他的歌聲時，就堅信他能征服天下。」

「的確，他的歌聲超好聽的。」

「而貝斯手雄吾呢～～」龍嗣繼續熱情的談論每一個樂團成員。

當車子抵達我家的時候，我已經發自內心成為赤紅巖石的歌迷了。

第二天淺海來學校了。看起來她的身體狀況似乎還不錯。她展現了自然的笑容，話講個不停，就跟平常一樣，讓我感到安心。

我緊握著藏在口袋裡的門票，尋找適合交給淺海的時機。可是剛出院的她是今天的焦點，她的桌子周圍總是處在有人的狀態，於是我放棄在這一天把門票交給她。

然而一天過了一天，我都沒辦法約淺海去演唱會。雖然她周圍總有人在是事實，不過要說我完全找不到機會也是謊言。

坦白說，我確實有好幾次機會可以把門票交給她。但我沒有勇氣付諸行動。

直到現在我連一次都沒有在校內主動跟淺海講話過，更不用說去約她看演唱會了、這等於就是約會。就算沒有恐女症，對一個晚熟的男生來說難度也相當高。

口袋裡的紙片在星期四的時候，已經已被手汗浸濕，變得軟綿綿的了。

星期五到了。今天如果沒辦法把門票交給她，就再也沒有機會了。我從早上開始就在腦海中反覆模擬，做好準備。

「這個星期日，有一場赤紅巖石的演唱會，我多了一張票，就送給妳吧。」

我在家裡反覆出聲練習這句臺詞，還用手機的應用程式錄音聽聽看會不會太過做作不自然。不過透過機器聽自己的聲音，讓我覺得不舒服還很噁心。

為了以防萬一我傳訊息給花音，得到了她的建議。

『崎本你介於普男和帥哥之間，所以只要心懷自信，堂堂正正去約她就可以了。』

我姑且朝積極的方向將這段訊息解釋為鼓勵。雖然被一個比自己小三歲的國中女生鼓勵實在很遜，不過也讓我稍微有了一點自信。

我有三次主動發聲的機會：早上、午休和放學後。我打算趁淺海獨自一人的時候，流利的將練習過的臺詞告訴她，再來只要若無其事的把一張門票交到她手上就好。我對自己說，這就是我餘生當中最大的任務，隨後離開家門。

天空晴朗無雲，我使勁踩著自行車踏板，感覺太陽似乎正在為我打氣。

奇妙的是，平常都會讓我停下來的交通號誌，這回沒有阻攔讓我可以通行；接下來我也沒再遇到紅燈。我覺得今天似乎會成功，上天站在我這邊。我一面騎自行車一面祈求，即使在今天把人生至今還沒有用到的運氣都用掉也無所謂，懇求神明讓我心想事成。

當我把自行車停在高中的室外停車場時，看到了淺海的身影。她正在跟別班的女生兩人一起行走。

我若無其事的走在她們後面。

「我先去一下洗手間，再聊哦。」

另一個班的女生對淺海這麼說之後，就走進了女廁。本來以為這麼快就有大好機會，不過事情沒那麼順利。因為在我以為淺海終於獨自一人的時候，就有另一個女同學過來抓住她的手走到教室去了。

我只好放棄，決定午休的時候再找她。

午休時間一到，我為了能夠隨時行動，急忙把便當裡的飯菜都塞進胃裡。可是今天淺海周圍的同學人數還是很多。

『票交給她了嗎？』

午休時間結束前五分鐘，花音傳來了這樣的訊息。

我如此回覆：『現在就要交了』，花音馬上回了一則個附帶愛心表情符號的訊息：『加油！』。因為我們是在群組聊天室裡互傳訊息，所以連龍嗣也傳了一個豎起大拇指的貓熊貼圖給我。

結果，我到了放學後才能夠跟淺海說話。而且之所以能夠說話，還不是因為我先出聲，而是我剛離開教室的時候被她叫住。

「我說，你可以等一下嗎？」

我嚇到整個上半身往後一退，回問她：「什、什麼事？」。這個出乎意料的情況讓我手足無措，全身瘋狂冒汗。

「說起來我好像沒有你的聯絡資訊耶，方便的話我們來交換一下吧？」

「啊，嗯。好啊。」

我從口袋裡拿出手機，但因為手汗的關係從手上滑出去，掉在地上。幸好螢幕沒有摔裂，但我還是為自己無法隱藏內心動搖實在沒用而自責。

就在我因為不習慣交換聯絡資訊導致動作生硬的時候，淺海說了一聲「借我一下」，然後把我的手機拿到她的手中。

「好了，這樣就ＯＫ了。有什麼事就聯絡我吧。」

我回了一個「嗯」字，淺海則往走廊盡頭走去。意識到現在是唯一機會的我，下定決心叫住了她。

「抱歉……」

淺海轉過身來，看著我的眼睛微笑說道：「什麼？」。我低下頭，將手伸進口袋，摸索著門票。

因為這幾天我把門票弄皺了，所以我把先前保管在房間裡的另一張平整門票帶過來。正當我還在猶豫要先把票拿給她看還是先約她的時候，從淺海的背後傳來一道意料之外的聲音。

「奇怪？崎本你在做什麼？你什麼時候開始可以跟女生講話啦？那個病、治好了嗎？」

他是隔壁班的男學生，曾經跟我念同一所國中，更是因我有恐女症而霸凌我的小團體主犯。眼前的突發事件讓我失去說話能力，連一根手指都動彈不得。

「病？什麼意思？」

淺海轉過身去。

「這傢伙從以前就有恐女症啦。國中的時候可慘了，光是被女生輕輕碰到肩膀就會恐慌，還把那個女生推開讓她受傷。那個時候教室裡的氣氛，真是超可怕的啊。」

「……崎本，這是真的嗎？」

我低著頭無法回答。我內心中的某個部分傳出喀啦喀啦的聲響，開始崩潰。

「是真的啊。你看，他的汗出超多的。唔哇，好噁爛。」

我周圍的世界逐漸失去了輪廓。異常的大量汗水從我的額頭冒出並不斷流下，滲進我的眼睛，讓視野變得模糊。

「這傢伙討厭女孩子，所以妳就放過他吧，淺海。這傢伙老是在圖書館狂看水母圖鑑，他的朋友只有水母啦。」

他嘻嘻哈哈地笑著說了一句「拜啦，水母小弟」便轉身走了。我的身體僵硬，連用手擦汗的力氣都沒有。

「……對不起，我、完全不知道。」

我怕到不敢去看淺海現在的表情，如今只想從她面前消失。可是我的腳卻還是僵硬，失去的說話能力也沒有恢復的跡象。

「對不起，我、先走了。」

淺海說完這句話，便跑過走廊離去。我放棄把她叫住也不去追她，就在原地呆站不動。我絕對不想讓淺海知道這件事。直到今天為止我都還能夠巧妙地掩飾過去，甚至會覺得自己也許可以克服它。但那個男的用一句話讓一切都崩潰了，模糊的視野化為一片漆黑。

「奇怪，崎本你在做什麼呢？」

這一聲讓我的身體終於可以動了。我回頭一望，關川正以不可思議的神情看著我。

「沒什麼，沒有什麼事。」

「這樣啊，那我們明天見。」

關川拍了拍我的肩膀就走了。他的登場讓我覺得自己被解救了。因為如果我繼續在那邊死死的站著，感覺我的靈魂會不知道飄到哪裡去。

「等一下。」我叫住關川，並說：

「星期日，有空嗎？」

關川一邊打著哈欠，一邊半開玩笑半認真的說：「要付費哦，可以嗎？」

星期日傍晚，我圍著淺海送的圍巾離開家門。坐電車到演唱會場地大約需要三十分鐘，為了趕上晚上七點的開演，我提前搭了上一班電車。

昨天我一整天都在床上度過。明明已經和淺海交換了聯絡資訊，但我的手機卻連一次都沒有響過。我收到的只有龍嗣與花音之間的訊息對話，沒有任何來自淺海的消息。或許她在知道我有恐女症以後，已經有所顧慮了吧？

為了澄清誤會，我好幾次輸入訊息文字，但每次都在傳送前就刪除了。畢竟不管是不是誤會，恐女症是事實，現在辯解也已經太晚了。如果我在淺海知道這件事的那個瞬間就採取某些行動，並且好好把門票交給她的話，現在她一定就在我身邊了。

如今在我身邊的人，是那個有點胖又戴眼鏡的拜金主義者——關川。

「哎呀～～我超期待的，赤紅巖石的演唱會。我都不知道崎本會喜歡他們。其實我也很喜歡喔，赤巖的音樂。」

滿面笑容的關川如此說道，而我則面無感情的回答他：「這樣啊」。我嘆了口氣，心想事情為什麼會變成這個樣子，並望向窗外。夕陽開始西沉的天空呈現出漸層的色彩，雖然美麗卻令我厭煩。

我們在開演二十分鐘前抵達會場，四處打探門票上記載的座位。會場已經非常熱鬧，大多數觀眾都是年輕女性。這對我來說相當不舒服、只有不愉快。

「喔，找到了找到了。這位子真不錯啊。崎本，這麼棒的位子真虧你弄得到門票。」

關川找到自己的座位後，對我表達了罕見的稱讚。他說得沒錯，我們的位子正好就在主舞臺的正前方，距離不遠也不近就是完美。

我環顧四周，看到有幾個人手持自製的扇子，上面印有樂團成員的肖像，簡直就跟偶像演唱會一樣。拿著龍嗣扇子的人也不少。

也有很多人身穿相同款式的紅色T恤，應該是赤紅巖石的官方商品吧。T恤正面大大的印上『Red Stones』的字樣，設計風格頗為醒目。

「這個，一根給你。」

關川遞給我一根細長的棒子。我之前見過這東西，但實際拿在手上還是第一次。

「謝謝你。」

「樂團成員登場的時候要把螢光棒調成紅色的光。這在歌迷之間算是一種默契，或者應該說就是一種規則。」

我說我是第一次來演唱會，他就按下螢光棒的開關給我看。每按一次，螢光顏色就會變成藍色、綠色、黃色等等。周圍已經有很多人把螢光棒調成紅色，我也學他們這麼做。

「話說回來，有個兩百日圓的情報，要買嗎？」

就在即將開演的時候，關川把調成黃色的螢光棒穿過他的拇指和食指中間，露出不正經的笑容低聲這麼說。雖然我猶豫該怎麼做才好，但畢竟自己手邊還有葛西給的報酬，於是決定付錢。

他說了一句「銘謝惠顧」並收下我給的兩枚一百日圓硬幣，塞進口袋裡。接著他湊近我的耳邊。

「今天的演唱會……淺海也來了喔。」

他剛說完這句話樂團成員就登場了，觀眾們的熱情一下子達到了高峰。震耳欲聾的尖叫聲響徹場內，我連自己的回應聲都聽不見了。

淺海可能就在附近。只要想到這件事，演唱會算不上什麼了。不過，這座會場大約可以容納一萬五千人，就算我想找她，想必也沒辦法。

我沒有跟著觀眾們一起將熱情的目光投注在舞臺上，而是四處轉頭讓視線掃遍周圍，不過當然不可能找得到她。我只好放棄尋找並將目光轉向舞臺。

第一首歌已經開唱了，一聽就知道是『炸竹筴魚排定食』。這首歌算是他們的代表作，讓會場的激情白熱化了起來。

我跟隨周圍的人群，笨拙的揮動調成紅色的螢光棒。龍嗣正在我的視線盡頭演奏吉他，看到他那身影，讓我再度認識到他是一位真正的吉他手。

這個人跟平時輕浮的龍嗣判若兩人，讓我不禁覺得他真的很帥。

第一首歌結束之後，進入致詞（ＭＣ）階段，樂團成員逐一進行自我介紹，下一位輪到龍嗣。

「我是吉他手龍嗣，今天請大家盡情享受。」

這段平淡的問候完全不像酷愛新奇路線的他們會有的風格。周圍的歌迷們似乎也感受到他的異樣。

「剛才的表演也有點壓抑哦。」

不知道從哪裡冒出這樣的聲音，傳到我耳邊。跟我在一起的時候龍嗣總是面帶笑容，但現在的他臉表情沉重，似乎獨自籠罩在陰暗的氣氛中。

因為其他的成員都帶著開朗的笑容，看起來相當閃耀，所以讓龍嗣的異常更加明顯了吧。

我無法想像，他現在是用什麼樣的心情站在舞臺上。

這之後，龍嗣繼續平淡的演奏吉他。

以前我曾經懷疑過，他真的是一個人氣樂團的成員嗎？於是去看了他們的影片。龍嗣會一面演奏吉他一面在舞臺上到處奔跑，還會在演奏時讓身體劇烈搖擺，是一位表演動作相當豐富的吉他手。

儘管如此，今天的龍嗣卻一動也不動，讓人有一種他的腳是不是被固定在地面的錯覺。他就只是機械式的遵照節拍演奏音樂。

擔心龍嗣，又惦記著可能在附近的淺海的我，在如此複雜的心情下繼續聆聽演奏。我從來沒想過她早就已經拿到門票。想到我那時候就算把票交給她也有可能會被拒絕，現在這樣說不定也不壞。我如此安慰自己。

現在就什麼都別想，專心傾聽主唱翔也的美妙歌聲，徹底融入會場的氣氛。身旁的關川隨著曲調激烈揮動螢光棒、上下跳躍，比任何人都享受這場演唱會。

我也模仿他的動作，極力揮動螢光棒。舞臺後方的巨大螢幕出現了龍嗣的特寫鏡頭，一絲光芒從他眼角滴落，那是汗水還是淚水，我無從知曉。

「各位，今天真的非常感謝大家。接下來的歌曲就是最後一首了，請大家聆聽：『戀愛獨角仙』。」

主唱翔也深情的說完這句話，最後一首歌便開始演奏。這首曲風激烈的歌曲，非常適合為這場演唱會畫上句點，會場再次震動起來。我也試著配合周圍的節奏揮舞螢光棒，不過可能是因為揮舞過度的關係，手臂酸痛到舉不起來。

歌曲結束後，樂團成員們就走向舞臺側邊退場，觀眾們也很快呼喊安可。幾分鐘後，換上赤紅巖石T恤的樂團成員們再次回到舞臺上。

龍嗣比他們更晚一點從舞臺側邊出現。

樂團成員回歸舞臺後，引爆了雷鳴一般的歡呼聲。我心想這應該都是依照腳本事先安排好的，但這種事情是絕對不能說出口的。

每位成員再次逐一問候。最後拿起麥克風的人是龍嗣，他的沉重表情也呈現在巨大螢幕上。經過一段沉默之後，會場開始產生騷動。

「吉他手龍嗣，是不是感動到不行了啊？」

什麼都不知道的關川，用知悉一切的口吻這麼說。我沒有回應，靜靜注視著龍嗣。

最先出聲的人並不是他，而是主唱翔也。

「怎麼了龍嗣。你今天有點不對勁喔？」

這似乎也是會場中所有歌迷的共同心聲，四面八方的「龍嗣」呼喚此起彼落。

「是不是吃壞肚子了啊？」

鼓手直樹半開玩笑地插話說道，不過龍嗣繼續沉默不語，最後仰望天空。我也跟著抬頭，結果眼睛被映照在舞臺上的淡紅色燈光刺痛了。

「哎呀～～已經大功告成了啊。我們還真的走到了這一步。」

總算開口的龍嗣，環視整個場內滿懷感慨的說。

「已經大功告成是什麼意思。我們現在才正要開始啊。」

「你們是啊。而對我來說，今天就是真真正正的最後演唱會了。」

龍嗣的話語，讓會場更加騷動。整個場內能夠理解他的發言的人，恐怕就只有我而已了。

「能夠走到這一步都是多虧有你們，真的很感謝。還有各位親愛的歌迷，今後也請你們繼續支持赤紅巖石。」

龍嗣低頭深深鞠躬，久久沒有抬頭，會場更加騷動了。

「我說你，是要在今天退團嗎？」

翔也轉身背向觀眾席，加重口氣問道。

「我不會退團啦。畢竟我到死都會是赤紅巖石的一員啦……」

龍嗣說到結尾時音量變小了。他低下頭，彷彿在極力忍住淚水。

他把麥克風放回架上，似乎表明已經沒話要說。會場響起了略帶困惑的掌聲。

「龍嗣又在講幹話了。」

貝斯手雄吾開口吐槽。其他樂團成員也認同了雄吾的話，他們可能判斷龍嗣的古怪行為並不罕見吧？

「這是最後一首歌曲了。雖然說是最後，但我們是因為這首歌出道，所以稱它為開始之歌會更好。那麼，請大家聆聽：『赤紅意志堅定不屈』。」

這首歌由龍嗣的吉他聲開始。從他的紅色電吉他演奏出來的音樂，響徹整座會場。巨大螢幕拍攝到龍嗣的眼睛流下了一顆大淚珠，大到大家都可以清楚判斷那就是淚水。

雖然除了我以外應該也沒有人知道龍嗣落淚的理由，但他那結合汗水與淚痕的靈魂演奏，肯定迷住了在這裡的每一個人。

等到我有所察覺的時候，我和身旁的關川都不停在流眼淚。

安可曲結束之後，觀眾露出心滿意足的表情陸續離場，我和關川坐在位子上等人變少。

「哎呀～～真是太棒了，赤紅巖石超強的。」

坐在我旁邊的關川還沉浸在音樂的餘韻中。我沒理會他，而是在往場外離去的觀眾中尋找淺海。可是我並沒有發現淺海的身影，而我們也在觀眾變少時從座位上起身離開。

之後沒多久我就看到了淺海。因為關川要先去廁所於是我把自己的背靠在牆上等他出來，剛好跟從女廁走出來的淺海四目相交。

「啊！」她輕聲驚呼。在她的米色大衣底下可以窺見赤紅巖石的T恤。突如其來的相遇讓我不知所措，第一時間說不出話來。

「回去了，姐姐。」

一個跟淺海很像但個子比較矮的女孩子從女廁走出來，將她的手拉起來。對方應該是淺海的妹妹吧，看起來感覺像國中生，頭髮比淺海的妹妹頭長一點。

「嗯，好。」

淺海望向我似乎想說些什麼，但她被妹妹牽著手就這麼離開了。

這時候我的手機響了，拿起來一看，原來是龍嗣傳送過來的訊息。

『如果你沒跟女人一起來，我們就一起回去吧。』

『就一起回去吧。』

我對剛從洗手間回來的關川說自己有急事，請他先回去，接著就走向龍嗣指定的後門。

等了一段時間後，背著吉他硬盒的龍嗣走出來，舉手對我說了一聲「唷」。似乎是搭計程車來會場的他，這麼對我說：「走走吧」。

「辛苦了。」我對他表示感謝。

「我說你，到最後還是約不出來啊。」龍嗣用手指戳了戳我肩膀，這麼說。

「是的……話說回來，你們沒有慶功宴嗎？」

我剛問完，龍嗣就搖了搖頭，說：

「照行程晚一點會辦慶功宴，不過我說身體不舒服就不去了。畢竟跟那些傢伙的最後一段回憶還是留在演唱會上比較好，而且我想大概也不會再見到他們了。」

我們走在有路燈照亮的夜晚街頭，龍嗣抬頭望向天空，用孤寂的口氣這麼說。雖然談不上滿天星斗，不過天空中還是閃爍著幾點亮光。

「龍嗣不在了，赤紅巖石會解散嗎？」

「大概、不會吧？他們要麼會找代替我的成員入團，要麼就是由翔也彈吉他、三個人繼續搞下去。我已經創作了十首未發表的曲子，只要一年發表一首就好，這樣就可以撐十年囉。」

我和龍嗣走進了眼前的小公園。龍嗣把手插進上衣口袋，靠在鐵桿上；我則坐在彈簧搖搖兔的遊具上，感覺屁股很冰涼。

「今天的演唱會，你覺得怎麼樣？」

「超棒的。兩個小時一下子就過去了。」

「那就好。」龍嗣說完這句話便呼出一口白氣，笑了起來。今天特別冷，我在新聞上看到最低溫度會降到十度以下。多虧有圍巾，至少脖子是暖和的。

「我說你，明明花音都鼓勵成那樣了，你怎麼沒把票交那個你在意的女人啊？」

「啊啊，這個嘛，因為發生了一些事情我沒辦法交給她，不過那女生今天好像也跟妹妹一起來了，所以沒給她也還好啦。」

「這樣呀。不過在你還活著的時候，絕對要把你的心意傳達給她，否則你會後悔的。」

我曖昧的笑了笑，說了一句「不知道耶」把話題帶過。我完全無法想像自己向淺海告白的模樣，我想自己一定沒辦法把心意傳達給她吧。

「對了，這把吉他、就送給你了。彈吉他會很受女人歡迎喔。」

「呃，不過我也馬上就要走了，這麼短的時間也不可能會彈吉他啊。」

「其實我有一種感覺，阿光你不會死。真的，就是一種感覺。」龍嗣邊說邊走到長椅旁邊，把他背在身上的吉他硬盒放下來。

「我也一直認為龍嗣你不會死。雖然沒有根據，可是我覺得你應該不會有事的。」

龍嗣沒有任何回應，不過他把吉他遞給我，說：「試著彈一下看看吧」。我坐在長椅上，動作生硬的抱著那把紅色的電吉他，用拇指撥動琴弦。

一串悅耳的音符，在夜晚空無一人的公園中迴響。

「只要練一個月就學會了。邊彈邊把你的愛情告白唱出來，不是很好嗎？」

「一個月……」

我苦笑著再度撥動琴弦。我所剩的時間，只有十八天。

接下來有一段時間，龍嗣在教我彈吉他。雖然手因為寒冷而僵硬，但我希望就這麼待到天亮。

三天後也就是星期三，我沒有去學校。依照預言，這一天是龍嗣的最後一個日子，從那場演唱會之後我跟他就完全沒有聯絡。雖然我讓自己在他有邀約的時候可以隨時行動，不過到最後，龍嗣從演唱會那天以來就沒有聯絡我。考慮到他在最後一定是跟家人一起度過，所以我也沒去主動聯繫他。

今天我一大早就開始內心躁動，無法冷靜下來，怎麼樣都不想去學校。爸爸離開家門後，我就在房間裡一心一意的彈著龍嗣送給我的吉他。

在赤紅巖石的演唱會之後，我跟淺海就再也沒有交談過。雖然是有幾次出聲叫她的機會，可是我覺得尷尬，一句話都說不出來。淺海也對我表露過有話想說的神情，不過她可能對我有所顧慮，只要一對上眼就會迅速移開視線並離去。

到最後，我們可能就這麼錯過對方而死吧？不過最近我開始覺得，就算這樣也沒關係。

這天晚上，我收到了龍嗣的死訊。當我覺得差不多要去做晚餐而把吉他放下來的時候，我的手機響了。

『龍嗣，好像去世了……』

花音傳送了一張兔子嚎啕大哭的貼圖，跟這麼一則訊息。我連忙上網搜尋，發現網路新聞早就刊登了好幾則報導龍嗣去世的文章，我瀏覽了其中一則新聞。

『超人氣樂團吉他手，在火災中遇難身亡』

根據新聞的說法，龍嗣在鄰宅發生火災時受到波及，雖然被消防員救出送醫，但還是在醫院身亡了。

根據目擊者的證詞，龍嗣是為了救助逃跑不及的鄰居，而衝進熊熊燃燒的鄰宅。雖然年邁的鄰居得以生還，但龍嗣卻因為吸入過多濃煙而未能獲救。我也稍微瀏覽了其他的新聞，但每一則的內容都相同，就是平鋪直敘的報導這位年輕樂手的死訊。

『即將出道的超人氣樂團隊長……』

『年僅二十三歲……』

『緊急搶救無效……』

這些新聞的每一個字都在揪緊我的心。儘管我已經做過心理準備，龍嗣的死還是重創了我原本虛弱的心靈，讓我不停流下淚水。新聞的留言區全都是為他哀悼的歌迷留言，以及對他的行動表示稱讚的言論。

雖然我和他只有一個月的交情，但我視他如兄長，他也是我願意敞開心胸的少數幾個人之一。連早就知道他會死的我都震驚成這樣，樂團成員和歌迷們的悲痛應該更不僅止於此。

在衝進鄰宅的前一刻，龍嗣在想什麼呢？如果去救人可能會讓自己喪命，這點事情他應該是知道的。即使這樣龍嗣還是沒有猶豫。

也許他根本沒有思考的餘裕，說不定是反射性的行動。雖然我知道自己也會死去，但我沒辦法責怪他的選擇是輕率的。

我把手機螢幕關掉，用仰躺的姿態倒在床上。我呆望天花板，回顧這愉快的一個月。

如果沒有死神的餘命宣告，我就不會見到龍嗣了。

原本隨著死亡臨近油然而生的強大恐懼感，可以說是因為有龍嗣在才有些緩解。在失去他之後，我才第一次認識到他的存在有多重要。

我可以挺起胸來負責任的說，這段跟他一起打保齡球、一起吃飯、一起從無聊小事講到嚴肅話題的日子，無疑是我非常珍惜的一個月。

我曾經以為龍嗣不會死。回想起與他一起度過的日子，我的眼淚不斷奪眶而出，把我的臉頰弄濕了。

——在你還活著的時候，絕對要把你的心意傳達給她，否則你會後悔的。

龍嗣的話語，突然在我腦中迴響。

我透過幻想，試著對淺海告白。不過不論如何，我還是沒辦法把自己對某個人告白的模樣好好想像出來。

第三章　生命之光

十二月一到，街上開始瀰漫聖誕節的氣氛。走在路上，隨處可看得見聖誕樹跟聖誕燈的裝飾，到處也都聽得到聖誕歌曲。每當看到這些東西，我就會感到不快。

因為對十二月十五日就會死的我來說，這些活動跟我已經完全無關了。我在走路時刻意避開任何跟聖誕節相關的事物。儘量不讓這些東西進入我的視野。

我的生命只剩下剛好兩週，當然淺海也一樣。至於花音的兒時玩伴則只剩下八天。

這一天我也是一如往常騎自行車上學。我一坐到自己的座位上，關川就立刻過來兜售他最新獲得的情報，不過今天我拒絕了，因為我和淺海的關係已然結束。

不管午休還是放學後，我和淺海都沒有交談過，就這麼離開學校。

「阿光，雖然事情還很早，不過我有話要跟你說。」

當我在晚餐時間享用自己的拿手菜之一，也就是蛋包飯的時候，坐在對面的爸爸沒有看我就拋出話題。我馬上就明白他想說優子小姐的事。

「什麼事？」

「聖誕節的時候，要不要招待優子小姐來家裡，三個人一起吃飯呢？可以買些雞肉餐點或蛋糕之類的。阿光你的手藝很好，如果能做一道菜的話，優子小姐一定會很高興的。」

爸爸一口氣把這些話說完之後，又補充了一句：「你知道的，就當作是生日禮物的回禮嘛」。

「可以啊。」我秒答。

「真的嗎？」爸爸到了這時候，才第一次看著我的眼睛。

「嗯，沒問題。畢竟是聖誕節，我來想想做什麼好了。」

「這樣啊，太好了。晚一點我就去跟優子小姐聯絡。」

爸爸說完這句話就開心的大口狂吃蛋包飯。我發覺已經很久沒有看到爸爸的笑容，感到有點愧疚。畢竟，這是個無法實現的約定。如果這個約定是在我活著的時候要做的，我想自己一定會拒絕。

爸爸後來繼續心情愉快的跟我說話，不過內疚的我迅速結束對話，逃回自己房間。

收到淺海傳送的訊息，已經是星期六下午的事。當我在房間裡隨意彈著龍嗣送給我的吉他的時候，我那不太會響的手機發出了響聲。

光是看到螢幕上面出現『淺海』二字就讓我心臟狂跳，還滲出一點汗水。因為馬上讓訊息呈現已讀狀態會讓我覺得不好意思，所以我先等了幾分鐘才去確認訊息內容。

『今天晚上，有空嗎？你不怕我就好，我有點事想做。』

看到這段文字，我鬆了一口氣。因為我以為她已經完全在躲我了，所以這個邀約讓我真的很開心。

『我有空，也不怕妳。』

為了不讓她察覺到我的亢奮心情，我簡短回應。螢幕上很快出現已讀記號，她繼續將時間與地點的資訊傳送過來。

我們就約在下午五點、於日昇水族館附近的公園碰面。原本我以為會是在咖啡廳或者是別的地方，沒想到會在戶外。在這種寒冷的天氣裡要做什麼，她沒跟我說。

下午四點一到，我就把衣服換好離開家門，也沒有忘記披上淺海送我的圍巾。我騎著自行車前往目的地。刺骨的寒風吹在臉上，讓我頗感後悔，早知道也該把手套戴上才對。

在前往約好要見面的公園以前，我先進了一家位於行經路線上的書店。因為我突然想翻看一下先前自己發現的那本有關恐女症的書。

直到不久之前我還可以冷靜的跟淺海說話，可現在卻沒有自信。自從恐女症的事情被她知道了以後，感覺就像又回到了原點，好不容易培養起來的免疫力宛若全部歸零。

不過那本書似乎已經賣完了，書架上連一冊都沒有。可能是被那些跟我一樣為相同的痛苦而煩惱的人買走了吧？我放棄找書的念頭，說了聲「算了沒差」走出書店。

我似乎比較早抵達約好要見面的公園，淺海還沒有到。太陽已經下山，周圍有些昏暗，公園內部在路燈照亮下顯得有些寂寥，沒有其他人的身影。

我在長椅上坐下等待淺海到來。如果在白天的話，可以看得到位於人工建造的柵欄外側的海景；不過現在太暗，什麼也看不見。

就在這時候，手機響了。是來自花音的訊息。

『今天我告訴他我喜歡他了，他也跟我說他喜歡我。在他死以前可以傳達我的心意，真好。崎本你也要鼓起勇氣，在死以前傳達你的心意哦。』

我覺得她太多事了，於是只輸入『恭喜』二字就傳送回應。

「啊，對不起，你等很久了嗎？」

我把手機收進口袋裡的時候，看到淺海小跑步過來。她披著一件冬季風格的白色毛皮大衣，手上提著一只塑膠袋。

「沒，完全沒有。」

「這樣啊。啊，那條圍巾，果然很適合你呢。」

淺海又罕見的稱讚我一句「你這套衣服也很好看」，讓我害羞的低下頭去。她手上提的那只塑膠袋裡面的東西進到我的視野，讓我懷疑自己的眼睛。

「咦，那是什麼？」

「啊，這個嗎？雖然季節不對，但我就是想玩。」

淺海從塑膠袋裡拿出一個小桶子和一組手持煙火。

「原來，冬天還買得到煙火啊？」

「啊，這個是在夏天買的，因為沒機會放，就留下來了。其實是想在暑假的時候放的，不過忘了。」

「原來是這樣。等到明年夏天——」

我不自覺就此打住，沒把「再放就好了」說出來。夏天是不會來的，對我跟淺海來說都是如此。葛西和龍嗣的死，讓我深刻認識到餘命已經是無可質疑的現實。

「我等不到夏天了。雖然我這病現在還算穩定，但什麼時候會怎樣也不知道，所以我想提前體驗夏天的氣氛。」

滿面笑容的淺海這麼說。她那毫無一絲陰霾的表情，讓我內心揪痛不已。

淺海打開塑膠袋，拿出蠟燭，走到沙坑堆了一座小山，然後把蠟燭插在那座小山上固定好。

「啊！糟糕！」

淺海的尖叫聲在公園裡迴響。看起來，她忘了帶打火機。雖然她準備周到連桶子都帶了，但沒有火就什麼都不能做。我心想這還真像淺海的風格，於是苦笑著提出建議：

「附近有便利商店，我去買回來。」

「謝謝。那麼，我就在桶子裡裝水把東西準備好！」

淺海走向飲水區，我則騎上自行車前往便利店。

我在離公園非常近的便利商店裡買了打火機和兩罐熱飲後，便沿著來時路急速返回。淺海正蹲在她豎立蠟燭的地方雙手合十，感覺好像很冷。

「啊，謝謝。哇！好暖和。」

我把熱奶茶遞給淺海，她用雙手整個圍住了它。

在點燃蠟燭以前，我也打開了自己買來的罐裝熱咖啡，喝了一口。蒸氣與我呼出來的白氣混在一起，在風中飄散消失。

把蠟燭點亮之後，淺海迅速在袋子中翻找，拿出兩支手持煙火，將其中一支遞給我，然後用打火機點燃。

經過了幾秒鐘的沉默以後，煙火嘶嘶作響，開始從尖端噴發火花。火光由黃色一路轉變成紅、藍跟紫色，就像是螢光棒一樣。

在火光的照耀下，淺海的表情散發出孩童般的光輝，她的臉頰染上了煙火的色彩。

淺海在火花熄滅之後馬上就把下一支煙火遞給我，不斷點火。雖然一開始我並不怎麼起勁，不過季節不對的煙火放起來也不錯，袋子裡的東西一下子就少了很多。

「再來就只有線香煙火了。我一直在想，為什麼線香煙火總是到了最後才放呢？」

剛才還在袋子裡面翻找的淺海將好幾根線香煙火一起拿在手裡，並對我如此詢問。

「這個嘛，線香煙火就是這樣的東西吧。」我隨口回答。

「其實線香煙火有四種燃燒方式，據說代表人的一生哦。」

「這樣啊。」

我先把線香煙火點燃，淺海則指著發出紅光的火球這麼說：「首先火球出現，這就是生命的誕生」。

「然後這個是人生最高峰的時刻，正好就像我們這樣的高中生吧。」

火球發出霹靂啪啦的聲響，激烈的灑下火花。沒多久火勢逐漸衰弱，聲音也變小了。

「這個就是像那樣，工作過度、精疲力竭，接著就退休了。」

火球似乎用盡最後的力量讓火花四散，隨後逐漸失去光芒，最後噗通一聲掉落在沙地上。

「哎呀~~崎本，它死掉了。」

「不要用這種會讓人家悲傷的方式解說啦。」

淺海哈哈大笑，點燃自己的線香煙火。當火球形成並開始激烈噴灑火花時，淺海試圖改變姿勢，就動那麼一下，火球就掉落了。

「啊！」

光芒消失，眼前陷入黑暗。

「在一切即將開始的時候便死掉了。果然我的命運，就是這樣吧？」

淺海以低沉的聲調這麼說。

「這只是線香煙火而已。」

我為了鼓勵她，拿起了一根線香煙火，將它點燃。生命之光再次點亮了夜晚的公園。

「最後兩根了。哪一邊可以活比較久，來比賽一下吧。」

「不要這麼說。」

淺海雖然在我吐槽過後笑了起來，但我的內心卻捏了一把冷汗。

我們同時點燃線香煙火，兩根棒子前端幾乎在相同時刻噴發火花。淺海為了不讓煙火因手抖而掉落，正用左手抓住右手腕來支撐手臂。我苦笑起來，感受到她是真的很想贏。我發自內心認為，確實是曾經說要「全力享受當下、享受這個瞬間」的淺海會有的作風。

「我的火球比較大對不對？這代表我的心胸更寬大哦。」

「事後再加這種設定未免太狡猾了吧？那我比較謙虛，這個大小對我來說就夠了。」

我用一個連自己都搞不懂的理由跟她計較。

因為淺海對我抱怨「手在抖，別逗我笑」，於是我閉上了嘴。

兩個火球激烈散發火花，沒多久開始變弱，逐漸黯淡。

「啊！」

我們同時發出驚叫聲。我跟淺海的火球幾乎同時落在沙地上，簡直就像在隱喻我們同日死的命運一樣，真不吉利。

「平手耶。總覺得，突然變寂寞了。」

火藥的氣味、線香煙火的煙霧、以及她呼出來的氣息，飄散在有路燈照明的公園裡，簡直就跟真正的夏天結束了一樣；我的內心也如她所說，蒙上了一層難以言喻的寂寥感。乾枯的樹木進入我的視野，寒風的冷冽將我拉回現實。

其實，「我還想再多放一些煙火喔」這句話已經來到我的喉嚨了，不過我在最後關頭又吞了回去。這種肉麻的話不符合我的性格，而且太尷尬了，我根本說不出口。

我們默默地將點過的煙火收進袋子裡，然後離開公園。

我推著自行車，與淺海並肩行走。平常話很多的她，今天卻異常文靜。而且她走路時跟我的距離比平常拉得更開。她可能在顧慮我的心情。但她根本不需要在意這種事。

「之前、佐佐木說了那些話。」

在一段長時間的沉默之後，淺海開啟了這個話題。佐佐木，就是那個把我的祕密曝光給淺海知道的傢伙。

「那件事是真的嗎？就是那個、恐女症的事情。」

淺海問我的神態是戒慎恐懼的。她今天的真正目的，大概就是這件事情吧。

我一直沉默沒說話，淺海急忙補充說明：「如果你不想說的話，也沒關係」。

「是真的。我並沒有要隱瞞，從以前就一直有這個狀況了。」

我判斷沒有說假話的必要，就老實的告訴她。拜淺海所賜，如今我正逐漸克服這個狀況。不過這只限於淺海莉奈這一位女性就是了。

「那是、有什麼原因呢？」

淺海又一次，看著我的臉色發問。

「我從小被母親虐待，從那之後就很害怕女性。當母親對我說：『如果沒有把你生下來就好了』的時候，那眼神讓我恐懼，直到今天我都忘不了。」

我毫無保留地傾訴了至今未曾對任何人說過的事情。

忽然，我回想起母親在那時候的眼神，呼吸跟著失控，我隨即努力穩定下來。淺海屏息凝神，靜靜聽著我的故事。

「從那以後，我就害怕看人的眼睛了。我不記得自己做過什麼事情讓母親不高興，可是有一次在寒冬中我被她關在外面陽臺，差點凍死。如果不是爸爸發現的話，說不定就真的死了。」

當自己在被母親說「沒有把你生下來就好了」的時候所產生的那份絕望感，光是去回想就讓我內心痛苦不堪。那句話一次又一次的折磨我，我曾經想過好幾次，如果我沒有出生在這個世界上就好了。

「我國中的班導是女的，暑假一結束要開學的時候，我就突然害怕起來，沒辦法跟她說話。那傢伙也說過，當坐旁邊的女孩子跟我說話的時候，我的頭腦也是一片空白，什麼也回答不出來。剛好那段日子是母親虐待我最嚴重的時期，我的精神狀況很不安定，就在教室裡恐慌起來。有一段時間我沒辦法去學校，被爸爸帶去看精神科，被診斷有很高的可能性為恐女症……」

這個診斷結果讓爸爸決定為我離婚。爸爸似乎對當時的事情非常後悔，他說在我變成這樣以前就應該離婚的。

「……原來是這樣，曾經發生過那樣的事情啊，只要去學校就絕對會遇到女生的……你到現在都一定很不安吧，謝謝你跟我說這些話。」

淺海帶著憂愁的表情這麼說。我沒有回答，繼續默默的走。奇妙的是，我的內心一片風平浪靜。

「……你也會、怕我嗎？」

在默默的走了一陣子之後，淺海停下腳步試探性詢問。我也停下來站在原地，回過頭去看她。

「妳一點都不可怕。跟妳說話很輕鬆，雖然不知道為什麼，但我沒問題。」

「這表示、你沒把我當作女性看待嗎？」

「呃，不是那個意思……」

淺海可能生氣了吧，她走到了我前面。我連忙追上去，跟她並肩行走。

我有恐女症的事，竟然能夠對淺海這個女性流利的說出來，這讓我覺得不可思議。

「不過，你願意對我這麼說真是太好了。因為我以為你在躲我，所以我放心了一點。」

淺海的笑臉在路燈的照耀下彷彿被鍍了一層光。在這一刻，我發自內心覺得，自己不希望她死。我死了沒差，不過我希望淺海繼續活下去。

從下週開始，淺海又主動找我說話了。雖然我很高興，但在學校我怎麼樣都會在意周圍的目光，緊張感也跟著大大增加。

關川又開始向我推銷情報，我被迫聽了一句「淺海……有一個國中三年級的妹妹」，損失一百日圓。

花音又傳送厭世訊息了。隨著她的兒時玩伴離死期越近，她的心似乎也越發疲憊。

昨天她傳送了一則『我想死』的訊息，讓我不知道要如何回覆。如果龍嗣還在的話，他一定能好好回應；可是現在群組聊天室裡只有我和花音。我只能試著安撫她。

『不要尋死。』

我覺得這種老套的鼓勵應該行不通，輸入沒幾個字就刪除掉，不斷重複這樣的動作。在這種時候，我不知道要說什麼話才是正確答案，總之就傳送一個無害的安全牌貼圖吧。那是一個身冒冷汗表情困惑的大熊貼圖。

我能深刻理解花音的感受。可是再怎麼急，時鐘的針也不會停下來。

兒時玩伴在花音心中的地位，其實就跟淺海在我心中的地位是一樣的。隨著淺越來越接近死亡，我的內心也不斷累積了許多難以承受的情緒。而且我跟花音的情況不一樣，我也是當事人。

即便想對花音說一些貼心話，可我已經自顧不暇了。

我怎麼樣都無所謂，但只要淺海好就好，難道沒有能讓她得救的方法嗎？比方說奇蹟般地找到捐贈者……這樣的想法，也不怎麼現實。

『你會不會覺得我很煩？』花音很快回覆訊息，這回我連續發了兩個跟前面同樣的貼圖。她沒再回覆。

在我的餘命剩下八日的那一天，我開啟了很久沒上的推特，隨意捲動螢幕，突然看到了Sensenmann的推文。

『各位網友好久不見，Sensenmann已經不幹了。如果要問原因的話，就是因為自己什麼時候會死這種事，其實沒有必要去知道。不論是誰，人總有一天會死。或許明天死，或許今天死。所以，請珍惜過好每一天。這樣一來，我認為各位就不用跟以前的我一樣，對人生有所迷惘。』

我心想，他是在講什麼啊？不過，或許看得見壽命這件事也會衍生出苦惱和迷惘。如果看到了自己重視的人的壽命就會這樣，更不用說連自己的壽命都看到的情況了。

想到這裡，我事不關己的覺得，做死神也挺辛苦的。

我關上手機將目光投向月曆，決定在剩下的八天裡，每天都要去水族館。我想做自己喜歡的事，增加和淺海在一起的時間。我認為在死以前減少後悔才是最好的。

第二天，以及接下來幾天，我會在放學路上前往日昇水族館。光是看著那些以緩慢的姿態優雅游動的魚群，就讓我可以把一切都忘掉。

在我的餘命剩下四日的那一天晚上，花音傳送訊息過來。我有種不祥的預感，沒有查看內容，把手機擱置不管了好一段時間。之所以這麼做，是因為昨天是花音兒時玩伴的最後一天。昨天我猶豫了很久，但為了顧慮她的心情沒有傳訊息過去。我不希望打擾他們兩人的最後一段時光。

差不多過了一個小時，我做好心理準備把訊息點開。在我用眼睛逐字閱讀長篇文字的同時，也被那則訊息所描述的事實驚愕到了。

我放下手機，在房間裡走來走去，腦中一片混亂，到底是怎麼回事？我又伸手拿起手機，不放過一字一句確認文字內容。我完全沒有看錯，那一大串難以置信的話語就是這麼寫的。

先講結論，花音的兒時玩伴沒有死。

但毫無疑問，昨天他的時間就到了。

花音也說，她重新確認了自己和Sensenmann的對話，預言的日期確實是昨天。

可是，她的兒時玩伴現在還活著。為什麼他可以延續生命呢？花音提出了這樣的假設：

『其實昨天，是他動手術的日子。我原本以為這次手術會失敗，然後他就死了。於是我心想，如果改到別的日期動手術他會怎麼樣呢？他的命運會不會因為這樣改變，壽命會不會延長呢？說不定這種情況有可能會發生啊？我一直這麼想。最後就把一切都坦白告訴他了，包括Sensenmann的事，他馬上就要死的事，還有手術當天就是命運之日的事。我把全部都告訴他以後，他相信了我，還硬凹醫院的醫生改變手術日期。結果，昨天他就沒有死。我不知道這是不是單純因為Sensenmann的預言不準，還是說他所採取的行動就是改變命運的主因。可是，搞不好崎本你也可以跟他一樣得救也說不定。或許只是偶然，但我覺得不會死的可能性是存在的。不管怎麼樣都好，崎本你也試試看吧，請活下去！』

我還是無法想像，死神的預言會不準。畢竟我一路看過來的這麼多死亡案例已經證明這一點，不可能會有例外。

那麼為何花音的兒時玩伴可以延續生命呢？真的跟她說的一樣，是因為沒有動手術才改變命運了嗎？即使我不斷思考，但還是無法理解。

『只是把死期暫時延長而已，如果再動手術的話還是會死啊？』

我在情緒衝動之下，不自覺把這麼直接的訊息傳送出去。但我的內心與手指相反，我看到了淺海或許也能得救的一絲微光。

可是光從她的話來看，我並不認為這是根本的解決方法。他如果不進行手術病情可能會惡化，結果還是會喪命。即使改到別的日期動手術，也只不過是將死亡從那一天往後錯開而已。

花音很快就有了回覆，她說她又傳了一則附加相片檔案的訊息給Sensenmann，不過沒有回應，所以她也不知道。

我關掉手機抬頭望向天花板。也許是因為他在那一天的身體狀況，或者是由於醫生的身體狀況所引發的手術失敗，這些細微的事件說不定就改變了結果。

而那一天的運勢，或者是某種因緣際會，也有可能碰巧改變命運吧？

我突然想到，龍嗣會怎麼樣呢？他的死也可以事先避免嗎？

淺海會怎麼樣呢？我和淺海只剩下四天的時間。不對，快過晚上十二點了，所以只剩下三天了吧。我認真地思考，有什麼事情是我可以為淺海做的。

第二天上課時，我也持續跟花音保持聯絡。我們聊了花音兒時玩伴的事，我也跟花音討論跟淺海有關的事情。

直到凌晨兩點我才下定決心。我與花音不斷互傳訊息到這個時間，才做出了解答。

經過深思熟慮之後，我的結論是淺海的死沒辦法事先避免。畢竟她病死的可能性大，而且應該也沒辦法一下子就找到合適的捐贈者吧。雖然病死的機率並不是百分之百，但在現實中也很難想像有這以外的可能原因。

事實上在這個禮拜，淺海的樣子似乎有些不對勁。她看起來身體不太舒服，氣色也不太好。最重要的是，可以稱得上是她的代名詞的「笑容」，變少了。

因此，我想在最後的兩天內、在死之前向淺海傳達自己的心意，這並不是因為龍嗣或花音要我這麼做才做，而是我自己想要這麼做。

反正我也快死了，傳達之後也不會尷尬；我想在最後時刻好歹做些什麼，難得可以知道自己的忌日，我想運用這個優勢到最大程度。

我從桌子的抽屜裡拿出一張影印用紙，開始寫信。這不是情書，比較接近邀請函。就我的性格來說，是沒辦法在學校裡主動對淺海開口、傳達我的心意的。淺海總是被朋友圍繞，即使她獨自一人，我也會很在意周圍的目光。所以我和花音商量後得到了結論，就是寫信並設法交給她。

『十四日放學後，我在日昇水族館等妳，有重要的事情要跟妳說。』

雖然我覺得很老派，不過花音說，手寫信件會讓人有一種特別的感覺。

光是把這短短幾個字寫成信件，就花了我很長時間。我擔心字寫得醜，又顧慮邀請的方式可能不夠好，於是寫完又當垃圾扔掉，重複了好幾次這樣的動作。

一想到淺海會看這封信，我就開始微微出汗。直到今天我沒有寫信給女孩子過，所以當我在浪費了無數紙張的情況下，好不容易把信寫完的時候，就算還沒有交給她，已經很有成就感了。

如果我待在稱得上是「我家」的日昇水族館裡面，或許就可以把心意傳達給她。從環境的角度來說，這個地點無可挑剔。

而且我還留著那張在實習中拿到的免費門票，有效期限到今年年底。那張門票是我跟淺海流汗努力的證明，使用它總覺得有種特別的意義。

我不在死亡當天，而是刻意選在前一天把信交給她的理由，是因為我覺得從晚上十二點到清晨的這段時間裡，如果我們當中的任何一個人離世，那我也就沒辦法傳達我的心意了。

這一天，我比平常要早一點離開家門。因為對我來說把信件當面交給她的難度太高，所以我的作戰計畫是在淺海上學前把信塞進她的桌子抽屜裡。花音雖然要我當面交給她，不過我忽視了這個建議。

我把自行車停在幾乎空盪盪的停車場，在校舍門口換穿鞋子，並靜靜旁觀那些趕去參加社團晨間訓練的學生。我也考慮過把信放在鞋櫃裡，可是這很有可能會被一起上學的學生看到。所以我想得很美好，放在桌子抽屜裡應該沒問題。

看樣子我是第一個到班上來的，教室裡面沒有其他人。我立刻把信塞進淺海的桌子抽屜裡，然後坐在自己的座位上等她來。

隨著時間的經過，同學們陸續進入教室，他們一看到我都露出驚訝的表情。因為我總是在上課前一刻才到學校，這個時間出現在教室裡確實很難得吧。

只是這天淺海一直沒有進教室。雖然再過五分鐘上課鐘聲就要響了，她還是完全沒有現身。

「有個兩百日圓的情報，要買嗎？」

在上課前一刻才到學校的關川一在座位上坐下，就用手指比出了我很熟悉的日圓手勢。

「買。」

我毫不猶豫拿出口袋裡的錢包。雖然我也覺得事到如今有沒有必要，不過還是懷著說不定可以聽到驚人情報的期待。然而，就在這個時間點，上課鐘聲響起來了。

級任老師在鐘聲停止前走進來了，於是我先把錢包收進口袋裡。級任老師開始點名，不過淺海的座位還是空著的。

「淺海好像因為身體不舒服要休息一段時間。可能第二學期都無法再來了。」

點名結束以後，級任老師望向淺海的座位並隨口這麼說。結果坐在旁邊的關川抱著頭小聲碎念了一句「妨礙我做生意啊」。也許他原本重金買進的淺海情報，可能就是剛才級任老師所說的長期缺席吧。

因為滿多同學也跟我一樣不知道這件事，教室裡面多少有些騷動。

我有一種不祥的預感。該不會淺海的身體狀況突然急速惡化，就這麼送去住院並衰弱下去，二天之後就會力竭身亡嗎？該不會，現在已經失去意識，就這樣……。

按照常理來看這並不是不可能。我對愚蠢到竟然對這種可能性連一絲懷疑都沒有過的自己感到嫌棄。

她的病情起起落落，不知道什麼時候會發生什麼事。雖然這麼說可能會讓淺海不高興，但她是一個等待移植手術的重病患者。她應該是靠著定期就醫和服藥才能在何時病危都不意外的情況下活到今天，可是她的肺臟恐怕已經到了極限。

我知道淺海將要死去的日期，一直認為她在這個日子到來之前應該都會很有精神而感到安心，可是我應該要預料到這種狀況才對。我趴在課桌上，相當懊悔。

放學後，我直接前往水族館。雖然在所有課程結束以後才來也只能待不到一個小時，不過哪怕時間再短我還是想來這裡。這是為了要讓不安的心情鎮靜下來。

一進入館內，我就直接前往水母區。這個區比其他地方更昏暗，水母在燈光照明下格外顯眼。在水族箱中閃耀光芒的水母神祕莫測，讓人能夠心無旁騖的觀看好幾個小時。正如牠們在日語中的漢字名「海月」一般，真的很像漂浮在海中的月亮。

雖然我已經到這裡來過好幾百次，不過光是在這裡望著水母，什麼都不用去想，心情就會奇妙的平靜安穩。科學研究也證實，水母具有治癒人心的療癒效果。

我把時間忘掉，一直望著水族箱。

過了好一會兒，我走到環場水族箱前面，在長椅上坐下並伸手拿起手機。

『妳身體還好嗎？』

我輸入要傳送給淺海的訊息。才剛輸入幾個文字就秒刪除，然後輸入別的文字又刪除。就在我做這種事的時候，館內傳來了通知閉館的廣播聲。

一想到假如她沒有回覆的話該怎麼辦？就讓我害怕到不敢傳送訊息。說不定她現在已經陷入昏迷狀態，在生死邊緣徬徨。不對，也許她只是感冒，明天就會若無其事的到學校來了。

相信事情會這麼發展的我，依依不捨的望著水族箱，離開了水族館。

我和淺海的餘命，終於再過一天就要結束了。我離開家門的時候內心深懷感慨，這段歲月雖然過起來漫長，實際上卻真的很短啊。雖然收到了好幾則花音擔心我的訊息，但我沒有回覆任何一則。我只希望她別管我了。

我抬頭望天，天空雲層密布。記得在新聞上看到，今天開始會連下三天雨。老實說，我死後的天氣其實已經無關緊要了。

這一天，淺海也缺席了。看著那張有些寂寥的空位，我想像那裡在她去世以後可能會擺上鮮花。我的座位會不會也有擺花呢？當班上同學們聽到我和淺海的死訊時，到底會露出怎樣的表情呢？

雖然是還要很久以後的事，不過在畢業典禮上會有人捧著我們的遺照嗎？畢業紀念冊上面，會印著我和淺海的相片嗎？

我完全沒理會上課內容，都在想我和淺海死後的事情。即便沒辦法清晰想像，不過我至少可以確定，就算我死了也不會有人為我哭泣。

「喂關川，有沒有什麼情報？」

放學後，我叫住正要準備回家的關川。他停下手中的動作，轉過臉來看著我。

「淺海的？」

「嗯。」

「現在沒有喔。你到底有多喜歡淺海啊？」

關川大笑出聲。這傢伙在關鍵時刻從來不提供有用的情報。我感到失望，嘆了口氣。

「如果有新情報就會賣給你，再等一下吧。」

「話說回來了，你對淺海怎麼這麼了解？你該不會是、跟蹤狂？」

我把自己一直覺得很有疑問的事情問了出來。這傢伙不知道為什麼異常了解淺海的情況。據我所知，直到目前為止他的情報全都不假，他到底是從哪裡買進這些情報的，我不禁覺得實在是太不可思議了。

「如果讓你知道答案的話，我的生意就完了，這是商業機密。」

關川面露令人討厭的不正經笑容，同時從教室走出去。我也只好從座位上站起身來，離開教室。到頭來我還沒能向淺海傳達自己的心意，就會死掉了吧。我駝著背，無力的在走廊上走著。

就在這個時候，我的手機在口袋裡震動了。我立刻拿在手上，凝視螢幕。

『明天終於要來了，請你不要死！』

是來自花音的訊息。我沮喪地垂下肩膀，只回了一個大量噴汗的大熊貼圖。

回到家後，我開始打掃房間。我曾聽說人在臨死之前會想要把自己的周圍收拾乾淨，看來這似乎是真的。我把讀完的漫畫書用繩子綁好以便立即處理，衣服也一件一件仔細折疊好重新放回抽屜，把房間打掃到每個角落連一粒灰塵也沒有。

雖然爸爸笑著說：「你已經在大掃除了嗎？」不過我繼續默默整理房間。掃除完成時夜已經深了。這樣一來，我個人已經沒有還沒去完成的事情了。除了一件事以外。

我玩了一會兒手機，然後下定決心要傳送訊息給淺海。我輸入文字又刪除，重複這個輪迴足足有一個小時；而在我輸入完成之後，又撐了一個小時才把訊息傳送出去。

淺海明明不在我眼前，但光是傳送這則訊息就讓我的手不停顫抖，汗流浹背。即使訊息文字已經顯示在聊天頁面上，我還是一直無法鎮靜下來，不斷凝視著螢幕。我甚至想過要收回訊息，但我不想留下後悔。

『明天上午，我們在水族館見面好嗎？』

明天，我和淺海不知道會在什麼時候失去生命。所以，我認為應該要儘可能早點見面。想必她現在正為疾病所苦，沒有注意到這則訊息吧。這樣也好。光是把訊息傳送出去就讓我覺得心情輕鬆許多。

這大概就是所謂的深夜激情吧。我第一次成功主動邀請異性。如果是在白天的話，我想自己就不敢傳送訊息了；可是在夜晚，而且是在對我而言的最後一個夜晚，讓我受到了鼓勵。今天，我只想沉浸在深夜的亢奮感當中。

我拉開窗簾，打開窗戶換氣。冰涼的空氣刺激著我的皮膚，遠比我想像的還要舒服。黑暗是深邃的，天空似乎被雲層覆蓋，看不見星星。只有路燈的光亮靜靜照耀這條寧靜的夜晚街道。

我望向時鐘，馬上就要到晚上十二點了。秒針迅速移動，令人感覺殘酷。倒數計時馬上就要開始了。這將是宣告我人生終結的死亡倒數。

我關上窗戶躺在床上，閉上眼睛。然而，睡意完全沒有來臨。

跟平常一樣，我在早上七點醒來。昨晚一直到黎明都沒能入睡，所以我的睡眠時間不怎麼夠。

想到我的生命馬上就要結束，即使是這種人生，我也感到不捨。

我確認手機螢幕，沒有收到淺海的回覆，但有已讀記號。想到我被忽視，就感覺很絕望。不過她看過了手機，就代表她還有意識；光是知道這一點就已經足夠了。

原本要跟淺海見面，不過她沒有回覆，所以我決定去學校。

我勉強撐開沉重的眼皮，開始準備早餐。雖然我平時不做早餐，不過想在最後一天做點什麼東西，於是我決定做炒蛋跟煎香腸。

這應該就是我的最後一餐了吧？想到這裡我不自覺笑了出來。我用保鮮膜把還沒起床的爸爸的那一份包好，一個人默默吃早餐。

我死亡的當天早上，安靜到就跟暴風雨前的寧靜一樣，讓人很想吐槽。這個與平時無異、某種程度上還讓人感到安心的溫暖早晨，實在是太過平常，讓我懷疑自己是不是真的會在今天死去。

不過，我還是再一次認為自己應該會死。就跟葛西和龍嗣一樣，我和淺海也會在今天迎向最後；花音的兒時玩伴可能是一個例外吧。我做出了這樣的結論。

如果眼前出現一個左右人生的重大選項，像是要、或不要去動一個大到可能會有生命危險的手術之類的事件，或許選擇結果可以改變死亡的命運。

如果沒有像花音的兒時玩伴那樣，做出一個具決定性且賭上生命的重大決斷，死亡恐怕就無法避免了。遺憾的是現在的我並沒有足以左右人生的選擇題。我決定正常去學校，不違逆命運，坦然面對死亡，走向玄關。

「啊，爸爸，今天我沒辦法準備晚餐，你就買點東西吃吧。」

剛起床沖咖啡的爸爸繼續低著頭，說了一句：「是嗎，知道了」。一旦我就這麼離開家門，恐怕再也回不了這個家了。想要說什麼話，只能趁現在。

「……你和優子小姐，要好好相處啊。」

我不知不覺脫口說出這樣的話。爸爸抬起頭來，以看待珍禽異獸的眼光望向我。

我搖了搖頭，留下了這句話之後就離開家門：「沒什麼。我做了炒蛋，等下你吃吧。那麼，我要出門了。」

畢竟我不怎麼喜歡耍陰沉，而且我和爸爸用這樣的方式離別剛剛好。

外面一直在下雨。我仰望天空，覺得雨天不錯；因為不管是晴天還是陰天都不符合我的心情，我反而覺得雨天很舒適。我撐起塑膠傘走到了公車站。

搭上公車後，我沒有看窗外的景色，而是低頭閉上眼睛。我沒有想要把最後一趟上學的路程牢牢記在心裡的意思，我對這個世界已經沒有留戀和遺憾。我真心希望可以再見到淺海一面，但我知道這應該不會實現，已經看破了。

我曾想過去淺海可能住院的醫院看看，不過我也沒這麼做。雖然我昨天晚上不自覺把訊息傳送出去，但現在已經沒有那種心情了。我是想向她傳達自己的心意，但未免已經太遲了。

我一面想著這些事情一面下公車，走到學校。

如果我的死亡原因跟葛西一樣是遭到殺害的話，我想兇手就趕快過來殺我吧。我用惡狠狠的視線瞪向跟我錯身而過的人，不過目前沒有感覺到有人想要刺殺我的跡象。

今天教室裡依然沒有淺海的身影。雖然沒有期待，不過即使這樣心情還是還是很沮喪。不過就是淺海不在，這裡看起來就完全像別的班級。我再次意識到，淺海對我而言是這麼重要的存在。

「啊，崎本。有三百日圓的情報，要買嗎？」

今天也是在上課前一刻才到來的關川，照慣例用手指圈出了那個手勢。他提出了一個似乎要把昨天的分賺回去的強硬價格，但我毫不猶豫正式宣告：「買」。

「不用找錢。」

我把放在錢包裡的五百日圓硬幣扔給了關川。事到如今把錢留在手裡也沒有意義，兩百日圓就算是一直以來的謝禮吧。

「咦，可以嗎？」

「嗯。快說吧。」

我側耳傾聽關川開口。我想在上課鐘聲響起來之前聽到。

「就是說啊，淺海那傢伙……今天開始又會來學校了。」

「咦！」

這句出乎意料的話語進入耳中，讓我忍不住凝視著關川的臉。他露出不正經的笑容，拍了拍我的肩膀，說：「真是太好了啊」。

「這是真的嗎？」

「嗯。聽說她好像全家人一起去旅行，不過詳細情況我不太清楚就是了。」

「不是身體不舒服嗎？」

當我反問的時候，上課鐘聲響了起來。關川一面回座位一面說了些什麼話，但我因為鐘聲的關係沒有聽到。

就在這時，口袋裡的手機震動了。我把手機拿到桌子底下偷偷看了螢幕。

我的心猛力跳了一下。

『對不起晚回覆了。你現在一定已經在學校了，對吧。放學後再過來也沒關係，我在水族館等你。』

是淺海傳送的訊息。雖然我有好多疑問，不過還是用顫抖的手輸入回應文字了。

『知道了。』

就這三個字，我卻打錯好幾次，又重新輸入。

我真的很想現在就馬上去水族館。畢竟我和淺海剩下來的時間，不知道還有多久。

這之後淺海就沒再聯絡我。上課時，我一直將手放在口袋裡等她進一步聯絡，不過我收到的只有花音的訊息。看著花音擔心我的訊息內容，我只回了一個幽靈豎起大拇指比讚的貼圖，然後就沒再理會了。

我要對淺海傳達我的心意，等我傳達過後再死都可以。不對，我在傳達心意之前不可以死，讓我最後燦爛一次再離去吧。

「不好意思……我身體不舒服，可以早退嗎？」

在第四節的英語課上，我鼓起所有的勇氣站起身來，低著頭放膽對女老師如此詢問。

我等不到放學以後了。我和淺海不知道什麼時候會死，我現在就想見她。我知道就算現在去水族館淺海也不會在那裡，但我想早點去等她。就算一秒鐘也好，我想早點見她。

同學們的視線刺向了我。男生不管怎麼看我都沒差，但我沒辦法忍受女生的視線，腳開始打顫，全身瘋狂冒汗。

「要不要去保健室呢？保健股長是誰？」

女老師環顧教室問道。

汗水滴到了桌子上。我一度軟弱到想把「我沒事了」這句話說出去，但我很快又想立刻見到淺海，於是不再逃避。

「不，我今天要早退。抱歉。」

我抬起頭來，斬釘截鐵說完這句話，就順勢離開教室。雖然女老師高喊「等一下」，但我已經衝過走廊。

我說出去了，我說出去了，我在心中如此吶喊。那個英語老師的眼神感覺上很像母親，我從以前就一直不太習慣面對她。

或許這是我一生中第一次如此鼓起勇氣。我鼓勵自己，這回逃得真好啊。在擦拭汗水的同時，也一心一意的奔跑。

當我跑到外面時，雨已經比早上小了，但我還是把傘撐起來走到公車站。

我搭上了到站的公車，一坐到座位上，我就輸入訊息跟淺海聯絡。

『雖然還沒放學，不過我已在路上了。』

我聽說淺海是因為身體不舒服缺席；可是根據關川的說法，她是跟全家人一起去旅行，今天會來學校。

結果她直到第四節課都沒有來，旅行這件事是不是真的，不當面問她也不知道。如果是真的，為什麼她要挑在這個時間點，而且還不是在週末，特地選在不是假日的時候跟學校請假去旅行呢？我還有很多地方無法理解，不過總之在死以前還可以跟淺海見上一面。

一想到接下來就要對她傳達自己的心意，我的身上又開始滲出汗水。隨著公車越來越接近目的地，我的心跳也越來越快。

我抵達日昇水族館的時間剛好是下午一點。因為淺海還沒有回覆，所以我決定先入館。一年有效的遊館護照剛好過期了，不過由於已經沒有需要再買遊館護照的關係，我就付了入場費進入館內。這當中我曾猶豫了一下，但還是把免費門票留下來當護身符。

我想在見淺海之前先看水母，讓騷動不已的內心平靜下來。

我從這一頭慢慢的花時間走到另一頭，觀賞悠閒游動的魚群。

每當自己走到下一個水族箱的時候，就覺得心情也隨著更加淨化、輕鬆一點。龍嗣曾經說死在舞臺上是他本來的願望，假如可以死在這裡的話，也算符合我本來的願望了。

現在可以看到的，是我自己最喜歡的水母區。

水母今天也在狹小的水族箱中傻呼呼的輕漂浮游。因為水母沒有大腦，所以牠們應該是真的什麼沒在想，也不會感受到煩惱或者是恐懼吧？

來到水族館已經過了一個小時，淺海還是沒有聯絡，我開始焦急。她該不會已經死了？我一遍又一遍的確認手機，但連已讀記號都沒有出現。

館內廣播通知海豚表演即將開始，我便走向海豚劇場。

觀眾滿少的，我坐在最後一排的座位上，等待開演。

表演很快就開始了，海豚在水池中向四方盡情游動。我想起了自己與淺海一起當表演助手的時光，淺海與海豚嬉戲的身影歷歷在目。當時水花四濺，我們兩人都被濺濕了。光是回想就讓我露出笑容，同時連眼淚也幾乎跟著流出來。

在表演即將進入尾聲的時候，手機響了。我立刻觀看手機螢幕，是淺海傳送的訊息。

『對不起我現在才看到！我也已經到了，到外面的摩天輪來吧！』

雖然還在表演途中，但我從座位上起身站立。時間寶貴，我甚至沒去看發出微光的水族箱，就在空無一人的通道上奔跑。

當我走到室外時，天空依然被灰色的雲層覆蓋，不過雨已經停了。我急著跑向水族館旁邊的摩天輪前面。

身穿便服的淺海，就在摩天輪的入口前面。她披著橙色的大衣，氣息有些急促，可能是剛剛才跑過來的吧。她的臉色發青到簡直就像是要死掉了一樣，或許她是真的身體不舒服。

「啊，你來了。感覺好像好久不見了呢。不過話說回來，也才三天沒見而已，所以沒那麼久吧？」

淺海對我擠出了笑容。果然看起來她有些痛苦，我擔心她的身體狀況。

「妳身體沒事吧？老師好像說，妳要休學一段時間。」

有關從關川那邊聽來的全家旅行的事情，我決定先不問她。我覺得現在已經沒有問那種事的必要跟時間了。

淺海又露出了難受的微笑，點了點頭，說：

「我身體沒事啦，還算可以。重要的是，我有話想對你說。」

「話？」

淺海開始深呼吸以調整氣息。她將手擱在胸口不停的深呼吸，看起來似乎肺部很難受。

「其實我呢，也有很多害怕的事。就像這個。」

她伸手指著摩天輪這麼說。我無法理解她要開始的話題是什麼。

「我害怕牙醫跟好可怕的打針，害怕蟲子跟好可怕的鬼怪，更討厭高的地方以及窄的地方。」

「啊，嗯。」

我跟不上她突如其來的話題，目瞪口呆；淺海完全把我晾在一邊，繼續說下去：

「我認為，不管是誰都會有很多害怕的事。我現在要來克服這些事，崎本你也一起來吧。」

淺海把一張摩天輪的門票交到我手上，然後走進入口閘門。

「崎本！快點快點！」

她一面大叫，一面對著還呆呆站在原地的我招手。我就在還弄不清是怎麼一回事的情況下跟在她背後前進。

我們坐到了緩緩下降而來的紅色車廂裡面。車廂裡的座椅分別落在左右兩邊，我和淺海對坐，她坐在座椅中央，我則跟她錯開坐到了靠窗的座椅深處。畢竟要直接跟她面對面還是會感到尷尬。

摩天輪徐徐上昇。雖然窗玻璃有水滴而且今天又多雲，遠觀起來絕對談不上好看，不過許久沒坐摩天輪的我心情依舊亢奮。

我記得上次是在小學生的時候，跟爸爸兩個人一起來的？雖然景色幾乎沒什麼變，不過奇妙的是，隨著摩天輪上升而產生的那股興奮之情完全沒有變過。

「不怕，不怕……」

淺海在我對面肩膀發抖，她不時緊閉眼睛，如此低聲碎念著。我晚了幾分鐘，才明白她那些話的意思。

看來淺海應該有懼高症。因為她還說自己拿窄的地方沒辦法，所以或許還有幽閉恐懼症。

狹小的車廂逐漸前往高處。儘管我無法理解這對她來說到底有多恐怖，但我更摸不透她逼自己去做這些事的意圖。我的心中泛起一絲不安，她該不會是因為刻意這麼做，才病發身亡的吧？

「不怕，不怕……」

淺海一面這麼說，一面戰戰兢兢的靠近窗戶，接著她伸手貼上窗玻璃，輕輕的探頭往下看。

「呀！」她小聲尖叫，隨即將頭縮回。我苦笑著看她的舉動，心想她到底是在做什麼啊？壯闊的海洋在窗外遠方無限拓展，我將身體前傾向外探望。摩天輪馬上就要昇到最高點附近了。

「我猜現在已經到最高點了，接下來就只會下降囉。」

我關心臉色發青的淺海，但她似乎沒有聽見，一心一意的不停唸著「不怕，不怕」，像是在唸沒什麼效果的咒文一樣。

摩天輪開始緩慢下降。我真的覺得很不可思議，自己竟然能跟女性在這麼狹小的密閉空間裡兩人共處。

現在的我沒有流汗，心跳也保持平靜。如果眼前的女生不是淺海的話，我一定沒辦法這麼穩。雖然再繞一圈我也沒問題，可是淺海大概就沒辦法了吧；我看著還在喃喃自語的她，露出淺淺的微笑。

「快要到囉。」

車廂降落到地面附近，工作人員把門打開了。

「辛苦了～～下來的時候請注意腳邊。」

淺海抓住我的制服，像企鵝一樣搖搖晃晃的走下車廂。制服被她抓住的我心跳加速，脖子上也微微出汗，但這是有別於恐女症的汗水。

「哈啊，差點以為自己要死了。」

淺海坐在附近的長椅上，大大的嘆了口氣。因為聽起來不是在開玩笑，我就到自動販賣機買了一瓶水，交到臉色蒼白的淺海手上。

「謝謝，我就喝了。」

淺海的喉嚨似乎很渴，她一打開瓶蓋就開始猛灌水。我也在長椅上坐下，等她穩定下來。

「沒事吧？」

我對坐在旁邊噘起嘴唇吐氣的淺海出聲問道。她的氣息簡直就跟生小孩的時候一樣，應該是相當害怕吧？我不禁憂慮。

「嗯，還好。我想、大概成功克服了吧？」

「這、這樣啊。這樣就好。」

「嗯。」

雖然怎麼看都看不出來哪裡像有克服的樣子，不過我也不打算潑她冷水。畢竟光是願意挑戰自己的弱點，就已經十分了不起了。

「不過，妳為什麼突然想這麼做？」

因為她似乎恢復了平靜，於是我開啟話題。如果因過於勉強自己而讓身體狀況更加惡化，事情可就糟了。

淺海又喝了一口水，然後才回答：

「我想示範給你看，恐懼是可以克服的。」

「……咦？」

「我認為，你的恐女症也一定可以克服。就算沒辦法馬上治好，可是只要像摩天輪一樣慢慢的向前進，我想總有一天會成功的。所以加油吧！」

我把她這段不太通順的比喻隨意聽過去，回了一句「謝謝」。聽了她的解釋之後我終於明白了，原來是這麼一回事。

恐懼是可以克服的。她為了我想親身去證明這件事。有沒有成功證明姑且不管，她為了我這麼努力，光這件事讓我感到無比高興，內心湧上一股暖流。

「剛才我也說過，像是打針啦、蟲子啦、鬼怪之類的，每個人都有自己害怕的東西。可是，我認為沒有什麼東西是不能克服的。事實上我就敢坐摩天輪了，而且崎本你也說不怕我。這一定是因為我一直纏著你說話的關係，所以就讓你免疫了。所以，你要找個喜歡的人，交個女朋友，這樣一來你就更可以克服了……我是這麼想的。」

淺海在說到後半段的時候聲音開始顫抖，最後她是一面哭一面把話說完的。

淺海為了我這種人流淚，在說服自己不要害怕之後為我挺身而出。她知道了我的恐女症，還用她的方式極力思考可以為我做什麼。

爸爸曾經說時間會解決一切，醫生也說過之後就看我本人怎麼去面對。以前那些同班同學都在嘲笑我的恐女症，從來沒有人會把我的煩惱當成自己的事情來看待。直到今天為止。

「我因為生病的關係，大概沒辦法活多久了。我本來想幫你克服恐女症，希望多做一些的；可是我認為如果是你的話，一定可以靠自己克服。我為你加油哦。」

淺海一直保持微笑的表情，眼淚流個不停。

我忽然感到眼眶發熱。為了不讓瀕臨溢出的淚水從眼眶滴落，我極力忍住。

「謝謝妳。」我發出來的聲音帶有顫抖。

果然，我打從心底不希望淺海死去。

距離閉館時間還有一個小時。因為雨又開始下了，我們便走回水族館裡面。

「我們兩個人，好久沒有一起來這裡了哦。記得上次來，是崎本的生日那一天吧。」

淺海在入館時已經停止哭泣。我關心了她的身體狀況，但她現在看起來還好。

「這個海天使，好像可以看一輩子呢。」

「啊啊，嗯。」

我用眼角餘光，瞥了整個人貼在海天使水族箱前面的淺海一眼。

我們剩下來的時間想必不多了。我一直在尋找時機向她表白我的想法。

可是我一直開不了口，就這麼讓時間不斷流逝。距離閉館已經不到三十分鐘，因為沒有時間了，我反而更加焦急，汗流個不停。為了不讓淺海發覺，我用手帕擦拭額頭上的汗水。

當我們兩人一起觀看水母的水族箱時，淺海突然激烈咳嗽。我還在試圖尋找對她出聲的時機，她便突然就摀住胸口，顯得非常痛苦。

她用顫抖的手從包包裡拿出水和透明的藥盒，服用了兩錠藥片。

「對不起，嚇到你了。只是輕微的發作，沒事的。」

淺海一邊喘氣一邊笑著說。我不知道該怎麼辦才好，將視線往四處投射尋求幫助。可是附近的遊客都全神貫注地看著水族箱裡的生物，完全沒有察覺到淺海在咳嗽。

「妳、妳沒事吧？」

我探頭看著淺海的臉。臉色發青的她微笑著回答：「沒事」。

我先帶淺海回到環場水族箱前面，並讓她坐在附近的長椅上，而我也在距離她一個人寬的位子上坐下。藥物似乎產生作用，讓她的發作症狀緩解下來；她閉上眼睛，調整呼吸。

我將視線落在手錶上，距離閉館時間只剩下二十分鐘。

「對不起，突然咳嗽了。」

淺海喝完了寶特瓶裡的水，深深的嘆了一口氣，以無力的聲調這麼說。她看起來已經平穩了點，讓我安心了些。

「不會，完全沒問題，只要妳沒事就好。」

「嗯，謝謝。」

接著是幾分鐘的沉默。

我將背挺直，緊握的雙拳放在腿上，就固定在那裡。淺海的症狀發作削弱了我的氣勢，我要先重整旗鼓。

雖然我內心一直認為不快點傳達我的心意不行，但嘴巴就是動不了。我偷偷看向淺海，她正抬頭以清澈的眼瞳望著環場水族箱。

「第一次兩個人來這裡，是兩個月以前的事了吧。總覺得，好像是更久以前的事。」

淺海好像突然想到什麼一般，開口說話。我則回想起那一天我們在職場實習時到這裡來的情景。

「崎本，現在回想起來你的舉動真的非常奇怪。我本來以為你只是在害羞，可是我應該要跟你說對不起。那個時候，我完全不知道你有恐女症。」

「這個嘛沒差啦，不過多虧有妳讓我培養出抵抗力來，所以結果還算ＯＫ。」

「啊哈哈！不過真的、那時候很開心呢。」

就跟淺海說的一樣，一開始我連話都講不好，可是隨著日子一天又一天經過，我越來越能夠靜下心來跟她說話，不知從何時開始也不再流汗了。多虧有她，我逐漸克服了恐女症。

而且，我喜歡上了淺海。

我到現在還是無法相信，人原來是可以這麼輕易改變的啊？

可是，我跟淺海很快就要死了，曾經在花音的兒時玩伴身上發生的奇蹟，想必不會出現。為什麼我們非死不可呢？事到如今，我第一次感受到憤怒。

「第一次跟崎本說話，記得是在公車上吧？明明告訴你這邊可以坐，可是你卻好像跟我說沒關係。我說，其實那時候我很尷尬耶。」

我記得，那是我在跟蹤淺海的時候。當時我跟白癡一樣一直在打探，想知道跟我同日死的淺海莉奈是個什麼樣的人物。

不過嚴格說來，我們第一次說話並不在那個時候。第一學期她就坐在我旁邊，我記得曾經跟她簡短交談過那麼一次。不過淺海應該沒印象了。

「之後就是那次職場實習了吧。我明明伸出手還說請多指教，可是你卻完全無視我對吧。雖然這也是沒辦法的事，可那時候我是真的很受傷。」

淺海笑著這麼說。我注視著自己的手掌，心想現在的話不知道能不能握住她的手。

「那個雨天我也很開心。我的傘不見了，回到教室的時候，崎本你獨自一個人坐在那裡……當時一起看到的彩虹，真的很美。」

我微笑起來心想，是有那麼一回事。

「我在你生日時送的圍巾，你現在還戴著，我真的很高興。」

淺海以平靜的表情述說著。我不想再繼續談論回憶，因為我會忍不住哭泣。這些，都是淺海的自言自語。我曾經決定不對她的自言自語作出反應。因為一回話可能聲音又會顫抖，於是我用這個理由為自己找藉口，保持沉默。

「我身體不舒服的時候，你有來探病對不對？我雖然嚇了一跳，可是很開心。那時候你送給我的漫畫還滿有趣的，我把全套都收集起來了哦。」

淺海在跟那群來探病的朋友道別之後，剛轉過身來時的表情相當陰沉，一臉就像個隨時都會哭出來的小孩子。很快她就跟在候診大廳的我對上了眼，那個時候她露出了燦爛的笑容。至今我依然記的很清楚。

那張勉強撐出來、似乎在求助的笑容，讓我看了都很痛苦。

「我們在赤紅巖石的演唱會上也見過面。我完全不知道你會來，我記得那時候嚇了好大一跳。雖然在那之後龍嗣死了，不過那是一場很棒的演場會哦。」

我一直強忍的淚水終於滴落了。

為什麼現在，淺海要講這些話呢？對於已經知道告別的瞬間即將要來臨的我來說，未免也太殘酷了。

明明我已經不想再聽下去了，淺海還是繼續講個不停。

「我們在夜晚的公園，一起放過煙火對吧？雖然很冷，可是很美麗。如果夏天來的話，好想再一起放煙火呢……真的好快樂啊。我一直以為我的病情也是我的一部分，可是這說不定是第一次，我這麼恨我的病……」

淺海在說到一半的時候聲音就開始顫抖。她那種說法，好像已經知道告別的時刻即將到來一樣。或許她多少也領悟到，自己的生命就要迎向終點了。

「我也……真的很開心。我很感謝淺海。謝謝你。」

我真正想傳達的並不是感謝。我覺得沒有把接下來的話語講出去的自己很沒用。

「其實我呢，在職場實習的時候，早就知道崎本會選水族館了，所以我呢，也選了水族館。」

「咦，這是什麼意思？」

正當我轉頭望向淺海的時候，她的頭突然低垂下去。她摀著胸口蹲下身去，再度激烈咳嗽。

「咦……淺海……」

我站起身來，對著面露痛苦表情的淺海出聲叫喚。可是以側臥姿勢直接癱倒在地板上的她沒有回話，回應我的只有粗重的呼吸聲和咳嗽聲。

我的眼前一片黑暗。

「妳還好嗎？」

發現到淺海異常的導覽員跑到她身邊，幾名原本在環場水族箱的遊客聚集過來，把我擠到後面。我的腳被拐到，整個人也跌坐在地上。

「誰啊，叫救護車！」

在一名男性發出粗壯聲音的同時，館內也傳來通知閉館的廣播聲。一陣完全不適合在事態緊急的現場播放的懷舊音樂盒聲響，傳到了我的耳中。

我明白倒數計時已經到零了。

就跟死神宣告的一樣，淺海會死。也許就是因為我龜龜毛毛猶豫不定，神明決定強制讓這一切結束。

「淺海。」

我戰戰兢兢的走近一直閉著眼睛躺在地板上的淺海，不知道該怎麼辦才好，第一時間蹲下去緊緊握住她的手。

這是我第一次握住淺海的手，很溫暖。

很快我也會死吧。我聽到有聲音說：「救護車已經叫了！」一位我認識的女性飼育員不斷呼喚淺海的名字，不過應該已經傳不到她耳中了。

淺海的手，突然失去力量了。

再見，我很快也會過去找妳。我在心中如此發聲，並悄悄放開了她的手。

我慢慢的站起身來，一路用手貼著水族箱搖搖晃晃的走出水族館。我知道我是個膽小鬼。可是，我更不想看到淺海痛苦死去的樣子。

比今天早上還要猛烈的寒雨，往我全身傾注而下。我沒有力氣回去拿傘，就這樣冒雨低著頭只顧著行走。

果然奇蹟沒有發生。就跟死神宣告的一樣，我們都會死。命運無法改變。

不過，我沒有後悔。雖然我沒能向淺海傳達自己的心意，但我說出了感謝的話語。能做的事情我都做了。

雖然是很短暫的人生，不過我跟淺海與龍嗣度過的這最後幾個月，是值得珍藏一生的寶貴回憶。最重要的是，恐女症的我，第一次喜歡上異性。

如果天堂跟淺海說的一樣真正存在的話，那麼我很快就可以跟她再會。所以，死並不可怕。我反倒甚至希望快一點死，好見到她。現在死的話就可以立刻追上她。

我緊握右拳不讓淺海的餘溫消失，一面流淚一面繼續行走。不知道是雨水、淚水還是鼻涕，我的臉濕得一塌糊塗，連幾公尺的前方都看不清楚。

遠方傳來救護車的鳴笛聲。他們應該是來把淺海送去醫院的，可是她已經無法得救了。我在心中不斷咒罵：白跑一趟，沒有用啦。

一陣喇叭聲讓我回神。我抬起頭，發現自己站在斑馬線正中央，前方號誌是紅燈。隨著剎車聲響，一束白光逼近而來。

——等到我察覺時已經太晚了。

黑色的金屬物體逼近而來，我的身體則試圖對此有所反應。我體驗到一種一切都在緩慢動作的感覺，甚至可以用肉眼辨認出每一滴掉落在地面的雨水。

啊啊，我想我就要死了。我討厭痛，所以祈求神明讓我秒死。但在下一瞬間我已經在想淺海的事了。淺海最後的遺言讓我很在意，不過，這個問題我還是可以在天堂問她。

我緩緩閉上了眼睛，尖銳的剎車聲在耳邊響起。

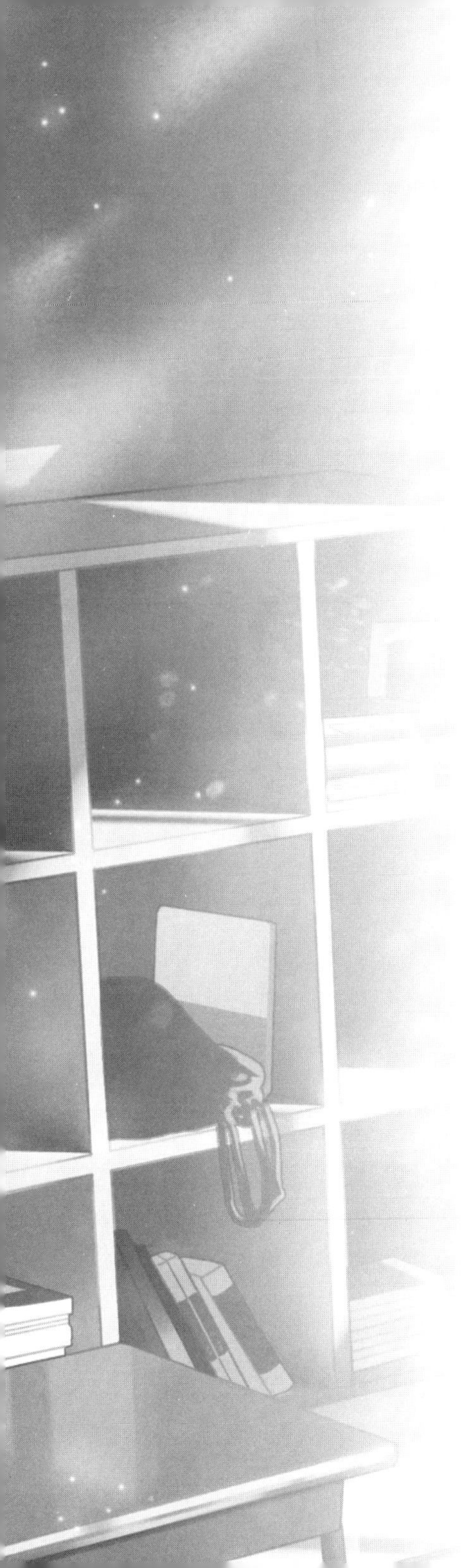

第四章

宣告終結的音樂盒

「我是崎本光，請多指教。」

升上高中二年級的第一天，我看到了用幾乎聽不見的聲音完成自我介紹的男生，想起某件事並驚呼一聲：「啊！」

我記得看過這張側臉。看到他的那一瞬間喚醒了我內心沉睡的記憶，感覺原本朦朧的天空一下子放晴了。

他在坐下以後就托著臉頰，眼睛望著窗外，似乎在表示對其他同學的自我介紹完全沒有興趣。

我猜，應該就是他沒錯了。就是那個在我以前經常去的水族館裡，可以說是一定會出現的少年。而且，他也是獨自一個人。

國中的時候，我因突然的乾咳和喘不過氣而煩惱，被父母帶去醫院檢查。那時我以為只是普通的感冒。

檢查結果，我被診斷出特發性的肺部疾病。

目前尚未發現有效的治療方法，只能透過藥物治療來抑制病情的進展。醫生告訴我，以我的年齡罹患這種病可說是沒有前例，通常在三到五年內會喪命。

這讓我絕望的陷入深淵，連續哭了三天三夜。我不想相信，內心幾乎崩潰，甚至被逼到想要割腕。

可是，後來我意識到，不管我哭得多傷心都沒有意義，我的病也不會因此治好。哭也好、笑也罷，未來都不會改變。既然這樣，我就傻傻的笑著吧。

我在鏡子前面一邊哭，一邊勉強把笑容撐出來。我心想，我的病情也是我的一部分，只能笑著接受。快速切換心情是我的優點，這項優點首次派上了用場，我從此感覺心情稍微輕鬆了一些。

之後我住院了，在外出許可下來的時候，我們全家四個人一起去了附近一處名叫「日昇水族館」的地方。

「那個人，是一個人來的嗎？」

在妹妹由梨所指的方向，有一個男生正熱心的注視著水母水族箱裡面。他看起來和我年紀相仿，周圍沒有看起來像是家人的人。

我和妹妹在觀賞完全館以後，就開始觀賞他。獨自一個人在水族館的國中男生，就像深海魚一樣的稀少。

他在館內來回走動了好幾次，花時間呆呆的望著水族箱裡面。即使到了我們要離開的時間，他還在注視著水母水族箱裡面。

下一次外出的時候，我又去了水族館。我按照順序望著水族箱，在走進水母區時，那個時候的他又在那裡。

「啊！」

我和妹妹同時驚呼。他好奇地瞥了我們姊妹一眼就走開了。在那個瞬間以前，我幾乎已經忘了他的存在，不過我和妹妹笑著說：「他又一個人來了」。

出院以後我也去了很多次水族館，可以說幾乎每一次都能看到他占領水母區。我甚至心想，他說不定是個在這裡住下來的幽靈呢。

我和妹妹私下叫他「水母守衛」。

國中三年級以後因為升學考試之類的事情很忙，升上高中之後就沒再去水族館了。

肺的病情，在高中一年級的第二學期結束前急劇惡化。雖然先前我一直頑固拒絕，但醫生和父母強烈建議我進行肺臟移植。

無奈之下辦了好幾道手續又做了好幾項檢查的我，完成了移植手術同意書的登記，成為等待器官移植的受移植者。

總覺得，要接受已經死亡的人的肺來延續自己的生命，我會過意不去；而且手術費很高，還會給父母帶來負擔。

如果找到捐贈者的話，就必須要在一小時內決定是否接受手術，但我打算拒絕。

接著我升上高中二年級，在第一天自我介紹的時候，本來對他那段幾乎快消失的記憶又回來了。

看著剛完成自我介紹的他，我心想他就是那個水母守衛啊。一年級的時候我們不同班，我沒有注意到他的存在。

沒想到會再次相遇。雖然是我單方面的再次相遇，但我立刻聯絡了妹妹。

『大新聞！竟然，我和水母守衛同班了ｗ』

我立即收到了妹妹傳送過來的爆笑兔子貼圖五連發。

接下來整整一個月，我都在觀察他。崎本幾乎完全沒有和其他同學說過話，在班上顯得孤立。唯一和他說話的人只有關川，一個和我一樣來自同一所國中的男生，他們兩個人從一年級開始就是同班同學。

我在第一學期的時候曾經坐在崎本旁邊一次。我們坐在最前面的座位，眼前就是講臺。我曾經在下課時間鼓起勇氣出聲跟看漫畫的他搭話：

「那個、是什麼書？」

我說完這句話，他的肩膀就用力顫抖了一下。可能因為我突然出聲說話，結果嚇到他了吧？

「呃、沒有、沒沒沒什麼……就、就是普通的那種。」

他這麼說完就把漫畫書闔上，像逃跑一樣離開了教室。我在心中反省，自己是不是惹他生氣了？

到了這個週末，我買了崎本讀的漫畫書，試著讀讀看。因為我有瞄到書名，所以只買了第一集，想拿來當話題。

那是一本男生好像都很喜歡的格鬥漫畫，一群上身赤裸、肌肉發達的男人在競技場上互相搏鬥。我平常不看漫畫，這本書對我而言實在太傷眼，最後讀不下去。

週末結束到了星期一，崎本被調到了最後面的座位。有個視力不好的同學提出申請希望可以搬到前面的座位，崎本則第一個舉手同意換位子。

在那之後，我就沒有再和他說過話。他平常是騎自行車上學，但在雨天會和我搭同一班公車。

我有好幾次搭話的機會，不過感覺崎本很明顯在避開我，讓我難以開口。無論是體育祭還是文化祭，他都表現得毫無興趣，總是獨自一個人。

「喂關川，關川你和崎本關係不錯對不對？這次的職場實習，你知道崎本會選哪個職場嗎？」

這一天放學後，我叫住了關川。他和崎本關係不錯，而且坐在崎本旁邊，所以我想他說不定會知道一些事情。

關川先是驚訝了一下，然後露出了狡猾的笑容。

「知道啊。我剛剛偷看過了。」

「真的？如果可以的話，我想知道。」

「可以啊，不過要一百日圓。」

「咦？」

關川用食指和拇指圈出一個圓形。聽他的話語並看他的手勢，我恍然大悟。

國中的時候我沒怎麼和他交談過，所以不知道他竟然這麼小氣。

「原來，你會收錢啊。」

我用輕蔑的眼神看著他，但完全沒有打擊到他。我只好從書包裡拿出錢包，交給他一百日圓硬幣。

「銘謝惠顧。」他笑著說完，就湊近我的耳邊低聲說：

「崎本選擇的是……水族館的飼育員工作喔。」

果然沒錯。我的預測命中了。

我禮貌性的向他道謝，接著就在職場實習問卷的第一志願欄位裡填上了『水族館飼育員』。

不知為何，我內心一直想跟他打好關係。以前我一看到班上有同學被孤立就沒辦法放著人家不管，雖然這種性格讓朋友說我太多管閒事，可是無論怎麼說，我的心情都沒變過——我想和崎本好好相處。

在探索他的過程中，我逐漸對他產生了興趣。因為他那寂寞的眼神，感覺在某種程度上和我相似。

他那似乎承受了某種負擔、苦痛的黯淡眼神，讓我無法放著他不管。

實習的第二天結束後，我和推著自行車走路的崎本一起回家並在路上閒聊。當我走向公車站時，我聽到了他那沙啞的聲音從背後傳了過來。

這可能是第一次，崎本主動對我出聲說話。我轉過頭去，只見他把頭低下去感覺很猶豫，然後這麼說了。

「Sensenmann這個人，妳知道嗎？」

聽到這個陌生的字眼，我歪頭表達不解。當我回答自己不知道的時候，崎本不知道為什麼似乎很慌張，像逃跑一樣離開了。

回到家後，我躺在床上思考崎本的話。他跟我交談的時候，從來不看我的眼睛。可是在今天回家路上，他終於看了我那麼一瞬間。他看我的眼神充滿急切，好像想要傳達什麼事情，又好像想告訴我什麼。

我拿起手機，輸入了他提到的那個字眼進行搜尋。記得叫……沒錯，是Sensenmann。這是某部漫畫裡的角色嗎？因為我以前問過他漫畫的事情，我想他是不是記得這件事，所以要跟我說他推薦的漫畫呢？

然而螢幕上顯示的搜尋結果，遠遠超過了我的想像。

Sensenmann，是一個能夠說中他人死期的預言者，而且會專門針對在九十九天以內死亡的人。

命中率百分之百，遭到他餘命宣告的人，沒有一個能倖免於難。只要寫下訊息附加相片檔案傳送過去，他會專門回覆那些面臨死亡的人……。

我一時難以理解，繼續深入調查。

越查我就越害怕。為什麼崎本要跟我提起Sensenmann呢？答案很容易推測出來。

他一定把我的相片傳送給Sensenmann，然後收到回覆得知我的壽命。他想要告訴我什麼事情，而且似乎非常難以啟齒。

我的肺，是不是已經到了極限了呢？

雖然我是那種比較不相信超自然現象的人，不過還是試著拍了張自己的相片，傳送給Sensenmann。儘管沒有秒收回應，但我的心臟還是跳到讓我感覺很討厭。

職場實習的最後一天，他在回家路上又對我出聲說話了。崎本知道我的病情。

這讓我確信，果然我馬上就要死了。

所以他才會問我有關病情的事吧？或許他已經知道我會死，想探問原因。

我沒有隱瞞，把一切都坦白的告訴了他。雖然他聽到有些臉色鐵青，但就算我說謊話也是於事無補，而且被亂調查的話也很討厭，所以我就全都坦白說了。

我認為這不是跟誰坦白說就可以解決的煩惱，而且對有些人來說這也不是他們想聽的話題。不過如果被問到的話，我是會盡量說出來的。因為撒謊或掩飾會讓我覺得自己對病魔屈服了，會有點氣惱。

全都說完以後，心情感覺變得輕鬆了些。

三天的實習結束後，我們被拉回現實世界。不過呢，水族館也算是現實就是了。

崎本在學校裡還是和以前一樣冷淡，這讓我有點失落。明明在水族館的時候，他還和我講過那麼多話。

之後又過了兩個禮拜，我在一個大雨天把傘弄丟了。

我只好在校內散步等雨停。我去聽了管樂社的演奏，還去參觀了因下雨沒辦法使用操場而在走廊上鍛鍊肌肉的足球社活動，就這樣打發時間。

我往教室裡瞥了一眼，心想還會有誰在呢，結果看到崎本一個人坐在自己的座位上發呆。他似乎忘了帶傘，正在等雨停。

這剛好是個機會，於是我問他為什麼都不看我的眼睛。就算他在害羞，我也覺得太超過了。

由於他沒有回答我的問題，於是我提議進行一場「十秒對看大挑戰」。儘管我試著用輕鬆的模樣這麼說，但這是我第一次和男孩子這麼做，我的心臟跳得好大聲。

雖然最後因為有人來干擾，我們對看了四秒就結束了，不過不知道什麼時候雨已經停了，天空中出現了一道清晰的彩虹。

感覺好久沒有看到彩虹了，我的內心雀躍起來。

竟然可以和崎本一起看到它。

我心中祈求，希望可以一直看著它，希望它不要消失；可是才過了沒幾分鐘，彩虹就消失了。

「喂關川，你還有什麼崎本的情報嗎？」

某天放學後，我看著崎本離開學校才問關川。因為自從實習以後，我和崎本就完全沒有交集了。

「啊啊，我是有一個珍藏的情報喔。要一百日圓。」

「我知道了。」

我不情願的付了他一百日圓，並將耳朵湊過去聽他說。

「崎本的生日是……十一月十六日。」

我轉頭望向月曆。如果這件事是真的，那就只剩下不到兩個禮拜了。

「這件事、是真的嗎？」

我用狐疑的目光看著他。我懷疑他是不是隨便亂說，只想著要騙錢。

「是真的是真的。我們在一年級的時候聊過這件事，因為他和我媽媽同一天生日所以我記得很清楚。不會錯的。」

「是哦，我知道了。」

既然水族館的事情也不是假的，那我決定相信他。

一面思考要送什麼禮物，一面走在回家的路上，多麼幸福的時光。

崎本生日當天到了。直到前一天晚上我還在煩惱要送什麼東西給他，最後決定送圍巾。雖然有點沒創意，不過從季節的角度來看很合適，而且我找到一條他戴起來應該很好看的圍巾，真是太好了。

可是不知道為什麼，崎本從這個星期以來連一天都沒有到學校。最近天氣明顯變得寒冷，也許他感冒了吧？

但是感冒會休息三天嗎？說到底他非常難得不來學校。因為不知道他的聯絡資訊，所以沒辦法直接問本人。

關川似乎也不知道他缺席的理由，所以放學後，我就去一趟日昇水族館。如果要說崎本有可能會去的場所，我也只能夠想到那個地方了。

我沒猜錯，他在那裡。而且，他還是在水母區。

感覺這場景有點似曾相識的我，出聲對他說話，並把生日禮物交給他。我裝出一副若無其事的樣子，就像在情人節給男性朋友義理巧克力一樣，實際上心情卻異常緊張。他雖然很驚訝，但還是好好接受了禮物。

這一天深夜，我突然症狀發作，被緊急送往醫院。我當時突然陷入呼吸困難，摀著胸口劇烈咳嗽，察覺到異常的妹妹趕來我房間，馬上叫了救護車。

我還不想死。好不容易才和崎本更親近了。我一邊哭泣，一邊拚命用點滴和吸入器將氧氣不斷攝入體內。等到我恢復意識的時候已經是早上，讓我鬆了一口氣。後來我住院了。

『這幾天，我會住院。超震驚的。』

我在跟班上同學們一起建立的ＬＩＮＥ群組聊天室中發了這則訊息。

這個群組聊天室，是由今年春天參加班上的團體活動後第二次聚會的成員共同建立的。順帶一提，崎本連第一次聚會都沒參加。

已讀記號很快出現，不到幾分鐘就顯示到12。群組成員有八個女生和六個男生，其中也包括關川。

我收到了好幾則擔心我的訊息。班上的女生們說，星期六上午會來探望我。

這天下午，醫生告訴我，肺部的症狀比他預期的還要嚴重。

醫生可能因為關照我的心情沒有明說，可是聽起來我的肺應該相當糟糕。醫生沉重的表情，已經深刻說明了一切。

我的父母在這一天的態度也有些奇怪，他們異常溫柔，表情也很陰沉。我猜，醫生已經跟他們宣告了我的餘命吧。

第二天，我開啟了好久沒上的推特。

結果，我看到了一則新訊息。不會吧？一陣惡寒沿著我的背脊竄過。

為什麼不祥的預感，總是那麼準確呢？我點開一看，跟我想的一樣，是來自Sensenmann的訊息。

因為我把通知關掉了所以沒注意到，其實這則訊息是在剛好一個禮拜以前傳送的。

『很遺憾，不過以這張相片的拍攝日期起算，五十八天之後就會亡故。』

——啊，果然是這樣啊。我、馬上就要死了。

因為相片是大約一個月以前拍的，推算下來還剩下二十七天。

雖然我不是百分之百相信，但我的身體狀況不好、而且昨天醫生的表情跟父母的態度，都在暗示這個數字的正確性。

雖然這是我自己去問的，不過我比較希望是醫生，而不是死神來對我宣告餘命。

聽說醫生會故意告訴病人更短的餘命，而且也會加上一些鼓勵的話。但死神卻是毫不留情，只是直接告訴我死亡日期就結束了。

雖然寫著「很遺憾」，可是這傢伙其實一點都不覺得遺憾吧。

明明應該早就做好了隨時死亡都沒關係的準備，可是一旦被明確告知具體的數字，我還是怕到淚流不停。為什麼會是我呢，我好不甘心。

我不是不可以把這則訊息當成單純的惡作劇，迴避現實。可是，包括崎本的舉動、我惡化的病情、以及周遭的態度等等，這些林林總總的跡象都成了讓我不得不相信的證據。

做好死亡準備可能只是我的身體，而我的心還在大叫不想死。

「姊姊，我把赤巖的演唱會門票給妳，妳可以和水母小哥一起去嗎？」

出院以後的第二天，妹妹把我的房門一打開就這樣說。

我們早在幾個月以前就已經約好要一起去，她為什麼要突然這麼說呢？可能是在顧慮飽受重病折磨的姐姐，想要以妹妹的方式表達對姊姊的友愛吧。

順帶一提，妹妹最近開始把崎本叫成「水母小哥」，而我也經常跟她分享我和他的關係進展。

「可是由梨，我們不是一直很期待嗎？妳不用顧慮我，我們一起去吧。」

「沒關係的，妳去啦。我下次再去就好了。」

她這說法簡直就像是我沒有下次一樣。

也許除了我以外的所有家人，都已經被醫生告知我不會再活很久了吧？一定是這樣的。所以她才會把票讓給我。

「我知道了，謝謝妳。」

我決定不再追問，而是坦然接受妹妹的好意。

不過，我沒有把妹妹難得讓給我的門票交給崎本。因為我覺得，跟一個可能馬上就會死的女生約會，他一定會覺得很困擾。

他可能會覺得太沉重了，而且說不定他其實並不想要跟我扯上關係。畢竟他到現在還是跟我有點疏遠，基本上就很冷淡。

在演唱會前兩天，也就是星期五放學後，我鼓起勇氣問了崎本的聯絡資訊。我覺得比起當面邀請他去演唱會，透過ＬＩＮＥ感覺比較有機會；即使被拒絕，看到ＬＩＮＥ的創傷也會比直接面對的情況小。

可是，在我們交換聯絡資訊的時候，我突然知道崎本有恐女症。在那個瞬間，我不知道該怎麼跟他說話比較好，只好說聲對不起就離開那裡。

……有很多跡象是我該去發覺的。

如果這些跡象都是源起於恐女症，我就可以理解了。

回顧自己以前的行動，我深深反省，覺得自己做了對不起他的事。也許是我一直在找他說話裝熟，一直死皮賴臉的糾纏他，讓他覺得很難受。

好不容易交換了聯絡資訊，但我不知道該怎麼道歉才好，所以沒有傳送訊息。

赤紅巖石的演唱會，還是照當初的約定跟妹妹一起去了。

『赤紅巖石的演唱會，崎本也來了喔。這項情報就當免費奉送吧。』

就在演唱會開始前夕，當我在班上的群組聊天室裡傳送了這則訊息：『現在我來到赤巖的演唱會』之後，關川就傳送了那一則訊息給我。他沒有傳到群組聊天室，而是給我私訊。

在演唱會結束之後，我碰巧遇到了崎本。我跟他在廁所前相遇了。

可是因為我還沒想好要說什麼，一時無法出聲，最後就這麼被妹妹拉著手走到會場外面。

第二天放學後，我四處跑了好幾家書店，尋找關於恐女症的書籍。

我在最後一家書店只找到了一本書，於是把它買了下來。

《讀了這本書就能解決！恐女症的治療方法》

我想瞭解這種病，希望可以幫助他，就算只能幫一點點也好。我也順便把崎本先前探病時帶來送給我的漫畫書全套買下來。我想如果談論他喜歡的話題，他就會跟我說話，所以我要找一些共通的題材。

回到家後，我就立刻開始閱讀有關恐女症的書籍。我從文具盒裡拿出麥克筆，在我覺得很重要的地方畫線。

『請注意，如果建立關係時不慎重行事的話，可能會帶給對方極大的壓力。』

『女性靠近恐女症患者，就像是強迫患有懼高症的人去高空彈跳一樣。』

『請不要突然以親密的神態出聲說話。隨意拍打對方肩膀，在對方看來等同於被刀子刺殺。』

隨著書讀得越多，我的內心也不斷刺痛。『對具有恐女症的男性不應該做的事情』當中的項目，我幾乎全都做了。雖然說我事先不知情，我還是深深後悔，自己到底對他做了什麼樣的事呀。

看著他的言行舉止，我應該察覺到不對勁才對。書讀得越多讓我越痛苦，心臟的跳動聲音也變得煩躁起來。

恐女症的原因有許多種，如霸凌、虐待或是戀人的背叛等等，哪一種是讓崎本痛苦的原因呢？也許關川知道些什麼。

不過，我就不去問他了。崎本之前一直對我隱瞞恐女症的事，一定是不希望讓我知道。我認為應該直接去問本人才對。

『當喜歡的人有恐女症時的應對方法』

下一章是我最想要知道的內容。在書店看目錄的時候，我就是因為看到這段文字才毫不猶豫把這本書買下來的。

『仔細聆聽對方的話，接受他的不安和恐懼。』

『不要強迫治療他。』

『總之多多讚美他。』

我把這些項目記在小冊子上。仔細聆聽並接受他，還有讚美他，這些事我也能做到。之後我把這本書的每一個段落都讀到滾瓜爛熟，直到晚上十二點才上床睡覺。

從第二天起，我一直在尋找可以跟崎本說話的時間點，可是總是找不到機會。只要目光相遇，他都會明顯閃避，連我都覺得他已經在躲我了。

雖然我振作精神，心想明天一定要說到話，可是第二天崎本卻沒有來學校。當我在這一天放棄嘗試回到家中，卻發現妹妹在房間裡嚎啕大哭，一問之下才知道，赤紅巖石的龍嗣在火災中遇難身亡了。

幾天後，赤紅巖石在官方網站上宣布全面中止現階段活動。我和妹妹都大受打擊，痛哭流涕。

龍嗣在最後演唱會的樣子怪怪的，這件事成了網路的熱門話題。尤其妹妹是吉他手龍嗣的大粉絲，她因為這樣有兩天沒去學校。

這個星期六到了。

我決定執行這段時間一直在想的事，並在下午傳送訊息給崎本。

我想在日昇水族館附近的公園跟他說話。畢竟我剩下的時間只有十二天，沒有時間猶豫不決了。我從一大早就開始思考有沒有還沒去完成的事情，最後想到了兩件事。

其中一件，果然還是崎本的事。他為什麼會有恐女症呢？我想問這件事。我會仔細聆聽他的話，如果有我可以做的事我會為他去做，在我死以前我希望盡力幫助他克服恐女症。

另一件事，則是在看到放在房間角落的套裝煙火時，讓我靈機一動；因為今年暑假一直下雨沒辦法放煙火，所以我想在死以前把這件事也做了。畢竟對我來說夏天已經不會再來了，雖然季節不對，但最後我想跟崎本一起放煙火。

我在確認崎本的回覆以後，就帶著套裝煙火和放在廁所的小桶子離開家門。

當我抵達約好要見面的公園時，崎本已經先來了。他坐在長椅上縮著肩膀，感覺有點冷。

「那條圍巾，很適合你；這套衣服，也很好看。」

我立刻實踐所學。根據書上記載，大多數具有恐女症的男性對自己缺乏信心，所以讚美他們，幫助他們建立自信是很重要的。

雖然話是這麼說，而且我說的也是真心話，不過可能太不自然，讓他的臉上浮現警戒的神色。我好不容易想出來的戰術失敗了，讓我滿臉發熱。

儘管天氣寒冷，但放煙火的目標算是順利完成了。還沒有完成的事情，就只剩下幫崎本克服恐女症了。在放完煙火回家的路上，我豁出去詢問了他。

崎本讓我知道了他那令人震驚的過去。

我努力壓抑內心的震驚，回想起昨天反覆閱讀的書中這一段文字：『仔細聆聽對方的話，接受他的不安和恐懼』，極力尋找能讓他感到安心的話語。

看著明明連聲音都在抖，卻還是努力對我說話的崎本，我的心好痛。我強烈的想著，我不僅僅要聽他說話，還得要為他做些什麼才行。

崎本對我說他不怕我，這代表他對我敞開了心扉對吧？我高興到幾乎要哭出來了。

當我和崎本在夜晚的公園放完煙火後，我們在學校又可以多聊幾句了。想必是那一天彼此坦誠以對的緣故，和他說起話來明顯比以前容易了許多。

但是，隨著日子一天一天過去，我的心情越來越沉重，連在學校都笑不太出來，一直讓周圍的人擔心我。

——我，馬上就要死了。

無論是品嚐美食、還是和朋友一起笑，每當我感受這些小確幸的時候，那個想法就會浮現在我心頭。

明明可能馬上就要死了，我還在做什麼呢？在某些瞬間，我會不自覺的茫然失措。

到了死亡前一週，感覺一切已經沒意義的我甚至停止了服藥。反正這些東西吃再多我都會死。

十二月十　日。

這一天對我來說可能是最後的星期日。我向父母鞠躬，極力懇求全家一起去旅行。

記得我們最後一次全家旅行應該是兩年前的事了。以前我曾跟家人提過，在正式開始準備大學考試之前要去家庭旅行，但我已經沒有時間了。

「我可不知道，自己能不能活到明年春天哦？所以，我現在，就要和大家一起去旅行。」

這句話成了決定性的因素。一旦把病情提出來，父母就無法拒絕我的要求了。雖然我也覺得有點可憐，但這是唯一的辦法。

結果，我們決定在不是假日的時候一起去附近的溫泉旅行。

星期二一大早，我們全家四口就坐上爸爸開的車前往旅館。我向學校報告，因為身體不舒服要休息一段時間。我想，我可能再也不會去學校了。

我也在群組聊天室中對朋友告知，自己或許第二學期都無法再來了。

把訊息傳送出去之後，我就關掉了手機電源。今天和明天，我想要珍惜最後一段與家人度過的時光。

我泡在寬敞的溫泉裡，思考人生。

我一直以為對小孩子來說，長大成人是一種無條件的慣例。

可是，事實並不是這樣。我在還是國中生的時候就被告知罹患了等於是餘命宣告的疾病，而且當我將目光投向外面時，還發現就算是比我年幼的小孩子，也會因疾病、事故、謀殺或戰爭而去世。

在我的病情被發現以前，我從未思考過生命的意義。死對我來說是一個跟我完全沒有任何關係，像童話故事一樣虛無飄渺的遙遠存在。

我現在認為，我的疾病被發現在某種意義上也許是一件好事。因為，它讓我可以知道自己過去活得有多麼天真。

我忽然想起了崎本曾經提到的不老不死水母。那個時候我的心情還有餘裕，所以曾說過不會想重啟人生，但我現在卻非常羨慕那些水母。

我好想、活下去。

「姊姊，妳沒事吧？」

我猛一回神抬起頭，看到妹妹湊過來一直看著我。我泡在琥珀色的溫泉水中，眼淚流個不停。

「沒事。我們接下來去泡露天浴池吧。」

我擦乾眼淚站起身來，從寬敞的石造浴池裡走出去。現在不要去想那些黑暗的事，我要好好享受最後一趟全家旅行。

明天終於要到了，我應該就會死了。

即使預言沒有成真，我早晚也會因病去世。現在我已經被一種不管變成什麼樣都無所謂的放縱心態支配了。

晚上，我在睡覺前打開了手機。我一直把它擺著不管，幾乎完全忘了它。

ＬＩＮＥ的未讀訊息累積了一百則以上。朋友們在班上同學的群組裡，傳了許多關心我的訊

息

『莉奈～～我會等妳來學校哦。』

『莉奈，妳還好嗎？妳都沒有聯絡，我很擔心耶。』

我好驚訝，但內心湧起一股暖流，為了不讓他們繼續擔心，我在群組聊天室中這麼回覆：

『其實我們全家去旅行了。明天我就會回到學校。』

才剛回覆完，關川就秒傳了一張狗狗記筆記的貼圖。

雖然在旅行以前我是打算不再回學校了，可是在看到大家的訊息以後，我在心中決定還是要去學校。我的理想是在最後的日子裡也不去做什麼特別的事情，就跟平常一樣過，直到死亡。

就在這個時候，我注意到還有一則未讀訊息沒消掉。那一則訊息，是崎本傳送的。

『明天上午，我們在水族館見面好嗎？』

一看到文字內容，我瞬間眼眶泛淚，視線變得模糊。我一直想要見他最後一面，所以我對他的第一次邀約感到非常開心，手拿著手機都在顫抖。

我當然沒有拒絕的理由。我一直在想，有什麼事情是自己在死之前能為他做的。可是我完全沒有頭緒，就這麼混到了今天。

——明天，我絕對要跟他見面。我要盡全力去做自己能為他做的事情。

我急忙把一直放在桌上的那本關於恐女症的書翻開，從頭開始再次閱讀。

我一心一意的讀到完全忘了時間，不知不覺已經到了早上。

雖然對擔心我的朋友們感到抱歉，但我已經打消了去學校的念頭。

重要的是，在死之前，我有些事情必須要告訴崎本。

關於恐女症的事情。人無論是誰都有害怕的事物，我也一樣。我最討厭待在高的地方。我想告訴他，恐懼是可以克服的。

明明他一定不希望讓任何人知道，但他卻毫無隱瞞的把真相告訴我這個女性。崎本對我說他不怕我。這樣的話，我還有什麼事情能為他做呢？我拚命思考。

其實我認為，這應該是需要去花時間慢慢去克服的問題。可是，我沒有時間了。或許有點硬來，但我想到了一個只有現在能做的方法。

再來，就是我的心意。他好不容易約了我，我還是想跟他說我喜歡他。

其實我原本打算一直將這份心意深埋心底。因為我覺得，被一個罹患不治之症的病人告白，他也會覺得很困擾吧？可是，這是我臨終以前最後一次任性，希望他會原諒我。

——即使是病人，也是有權利跟你告白的，對不對？

其實這件事也應該是需要去花時間，一點一滴的縮短兩人的距離，並且在最美好的情景中表白才對。可是我沒有時間了。既然可以見到最後一面，我就不想留下遺憾，不論如何都要傳達我的心意。

我只能想到這兩件事，甚至現在還覺得不可思議，為什麼在這之前我都想不到這些事呢？

最後，我想和崎本，在水族館見面。

『對不起晚回覆了。你現在一定已經在學校了，對吧。放學後再過來也沒關係，我在水族館等你。』

我這才發現，昨天我沒有回覆崎本的訊息。我連忙傳送了這則訊息給他。為了讓這個計劃成功，再短的時間都是必要的。我得趕快去水族館。

我化了淡妝之後，穿上了我最喜歡的大衣；在落地鏡前細心檢查服裝，接著伸手放在門把上。

我忽然注意到擺放在桌上的一張紙片。那是我在職場實習時得到的免費門票。原本我是覺得有一天可以跟崎本一起使用它，不過這件事看來是無法實現了。

我把這張門票當作護身符放進包包裡，並且祈求神明，讓我在見到崎本之前不會症狀發作。

因為外面在下雨，所以我撐起剛買的藍點花紋傘前往日昇水族館。

抵達水族館的時候，雨已經停了。

為了告訴崎本恐懼症是可以克服的，我能做的事情是什麼。

仔細回想起來，我也是有很多害怕的事物。像是高的地方和窄的地方，也討厭面對蟲子、打針、牙醫和鬼怪。

於是我想到了摩天輪。雖然可能是一種幼稚的想法，可是我覺得，如果連我這個非常討厭高的地方和密閉空間的人，都能克服恐懼坐上摩天輪的話，或許也會帶給崎本勇氣。

我之所以會這麼匆忙趕來，也是因為我不認為自己可以馬上敢坐摩天輪，所以打算先一個人坐幾趟，培養一下免疫力。

在崎本來以前，還有時間。

我把傘收起來，慢慢的走向轉動中的摩天輪，從正下方抬頭仰望。真高。高到最頂端都快被吸進天空裡了。

想到我現在就要坐這個東西，我的腿就怕到整個僵住。我這輩子從來沒有坐過一次摩天輪。不過嘛，這輩子也快結束了。

但我一直提不起勇氣，足足兩個小時都站在那裡，腳就像被釘在地面一樣，動彈不得。

我先在長椅上坐了下去，這時候才發現崎本傳送的訊息。看來他已經在前往這裡的路上了。我用顫抖的手輸入回覆訊息：

『對不起我現在才看到！我也已經到了，到外面的摩天輪來吧！』

我跑去和趕過來的崎本會合。他很擔心我的身體狀況，但我告訴他沒事，接著就進入正題。我不知道自己還剩下多少時間，總之事不宜遲。

詳細的解釋就晚點說，我把門票交給他並一起坐上了摩天輪。我已經隨便怎麼樣都無所謂了。

這段在空中的旅程只能用恐怖形容。我無法理解喜歡坐這種東西的人的心情。我就是自顧自的不停說著：「不怕，不怕」。

從摩天輪下來後，我們又坐到了長椅上。我從頭開始解釋，告訴他恐懼是可以克服的。

我也告訴他，習慣很重要，只要找個喜歡的人，交個女朋友，就沒問題了。

我的心意應該傳達出去了吧？

我已經這麼努力了，希望他的未來會是光明的才好。可是，想到那時候陪在他身邊的人不會是我，我便不自覺地哭出聲，原本還忍得住的淚水也流個不停。雖然崎本看起來很困惑，但我依舊不管不顧地哭了起來。

因為雨又開始下，我們兩人就一起走進了水族館。我還有一件想告訴他的事。

我一面聽著心臟傳到耳朵深處的跳動聲，一面跟他並排坐在環場水族箱前的長椅上；正當我等到心緒平穩下來，總算要將我的心意傳達給他的時候，我最害怕的倒數計時終於歸零了。我再次陷入呼吸困難，身體開始崩潰。

不要，我還不想死。這個病，為什麼總是阻撓我？我還有話一定要告訴他呀。

在胸口的痛苦和無能為力的悔恨中，我的眼淚急遽湧了上來。

在漸漸模糊的意識中，我回想起有一天曾經和崎本說過這樣的事。

——你覺得人死後會怎樣呢？

——我猜，可能是一片虛無吧？我想在死後那一瞬間一切就結束了。沒有天堂也沒有地獄，只有虛無。

真相會是什麼呢？我大概現在就要去確認了吧。我閉上眼睛，通知閉館的音樂盒旋律傳到我耳邊。

失去意識的前一刻，我感受到了手上的溫暖。

那隻手在顫抖，但那不斷傳來的溫度，卻讓我的恐懼逐漸遠去。

終章

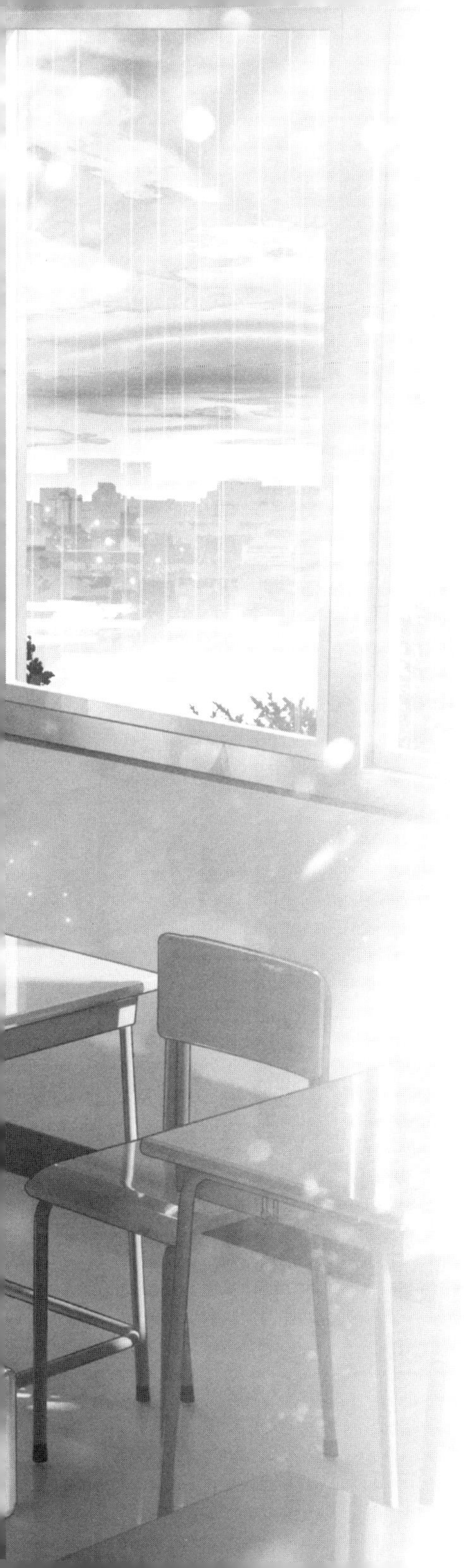

劇烈的悶痛讓我甦醒了過來。

十二月十六日的早晨，時間快要六點了。

我坐起身來，在落地鏡前確認自己的全身。

映照在那鏡子上的人，是與平常沒兩樣的自己；因為身體並沒有透明，所以應該不是幽靈。

到底發生了什麼事？我先在床上坐下，整理記憶。

昨天從學校早退以後，我和淺海一起坐了摩天輪，然後因為下雨，我們走到水族館。我想要向淺海傳達我的心意，但她突然症狀發作，並如死神所預言的喪命了。

在救護車到達之前，我離開了水族館，在傾盆大雨中不顧一切的往前走。

結果響起一陣喇叭聲，等到我反應過來時已經太晚了，我被車子撞上——不對，只是差點被撞而已。

那輛休旅車在距離我幾公分的地方停下，我跌倒時只有右膝受傷。

我被從車上下來的司機大聲斥責，一瘸一拐的回到了家。將整件濕透的衣服扔進洗衣機，哭著淋浴。我記得右膝的傷口痛得讓我難受，但之後的記憶就沒了。

現在，膝蓋的痛楚讓我甦醒，而我在床上。由於哭得太厲害，因此眼皮相當沉重。

即使冷靜下來，我還是完全不明白為什麼我現在還活著。我應該在昨天就死了才對。可是，我沒有死。我想聯絡花音問問看有沒有關於我的新聞報導，但我的手機因昨天的雨淋濕了，無法開機。

難道是我計算失誤，日期錯了一天？不對，我確認了很多次，不會有錯。那麼，到底是為什麼——。

在我不斷自問自答的時候，起床的時間也到了，總之我先離開房間，走下樓梯。

爸爸在客廳翻看早報，啜飲了一口咖啡之後開口問道。

「早安。身體狀況沒問題吧？」

「……嗯，沒事。」

「是嗎。昨天你做的早餐，謝謝了。今天我買了麵包，你吃吧。」

「謝謝。」

跟爸爸進行對話這件事讓我感到不可思議。與從前沒兩樣的日常景象，如今讓我感覺格外新鮮。

我吃了麵包，懷著不解的心情離開家門。總覺得沒什麼現實感，心情有些茫茫然的我，低聲碎唸了一句：「真奇怪」。

一直下到黎明時分的雨已經停了，儘管天空還有些雲層，不過太陽不時會露臉亮相。

我迅速用手帕擦乾附著在車座上的水滴，一面注意不要再傷到右膝，一面緩慢地騎著自行車前進。

我很想這麼問跟我錯身而過的人：「我是看得見的吧？」。自行車的踏板正常運轉，我也能感受到腳上的疼痛，所以果然不是夢境或幽靈。雖然難以置信，但我真的還活著。

突然，水族館的離別場景在我腦海中甦醒。在自己並沒有死的震驚平息下去之後，失去她的痛苦迅速席捲而來。

於深刻的悲傷與後悔衝擊下，本來以為已經流乾的淚水又滿溢而出。

對我而言，她就像是太陽一般的存在。人失去了太陽，就不可能活下去。我同樣也對今後的生活失去了自信。

我在無意識中把自行車停在停車場，走進校園。即使四處張望，也看不到淺海的身影。明知她不在了，但我還是忍不住尋找她。我嘆了口氣，走上樓梯。

一步一步都很沉重。恐怕早上的班會就會宣布淺海的死訊，屆時我能保持平常心嗎？

我忍住了又要流出來的淚水，走到自己的教室，環顧四周。

當然，淺海的座位上沒有任何人在。

我甚至還有點期待會有什麼奇蹟發生，她可能也已經得救了。這樣的自己實在很滑稽。

我沮喪的垂下肩膀，坐在自己的座位上。可能是我的錯覺吧？教室裡似乎比平常更吵鬧。或許淺海的噩耗已經傳到了一些同學的耳朵裡，我在班上同學當中零星發現了幾個僵硬的表情。

「崎本，我這裡有個兩百日圓的情報，要買嗎？」

只有關川一如往常的經營生意。身為情報通的關川不可能不知道淺海的死訊。難道他打算只用兩百日圓的代價來賣她的死訊？

我在憤怒之下將拳頭緊握並不斷顫抖。我瞪著關川，冷冷的說：「如果是淺海死掉的事情，我早就知道了」，隨即從座位上起身站立。我想逃離這個吵鬧的教室，去個可以獨處的地方待著。

一走出教室，我的腳步馬上停下。同時我的思考也中斷了，腦中一片空白。

在我視線前方，現在正要踏進教室的「她」，一跟我對上眼，就尷尬的將臉別到一邊去。

我懷疑起自己的眼睛，我失去了說話的能力，甚至快要忘記如何呼吸。

「早安。」她露出淺淺的微笑。

不該出現在這裡的她。

不該聽得到的聲音。

已經不可能存在於這個世界上的我的太陽，就在幾步之遠的前面。

「昨天真的很對不起。我好像有點太亂來了。」

「打扮成淺海莉奈模樣的某個人」正在說話。

「崎本？你在聽嗎？」

她將頭微微歪向一邊，探身看著我的臉。

我不由自主將手伸過去，觸摸淺海的臉頰。手掌確實感受到了體溫，讓我可以確認她不是幻覺也不是鬼魂。

「你在做什麼？」淺海羞澀的笑了。我原本以為再也見不到的淺海，就在我眼前。

想到這裡，我的內心深受震撼。

「……怎麼會？」

我終於擠出了微弱的聲音。

「怎麼會什麼？」淺海反問我。她那溫柔的聲音讓我的眼角逐漸濕熱。

「不是、因為，咦？怎麼會？」

我的頭腦混亂到只能講出這種話。我的視野變得模糊，淚水不斷滴落。雖然在別人面前，特別是在淺海面前哭實在很沒用，但我現在連擦淚的閒情都沒有了。

「是這樣的。」

淺海似乎察覺到了什麼，她將手放在下巴上露出沉思的表情，而她的眼中也閃爍一絲淚光。

「崎本，你是不是以為我昨天就會沒命了？」

「咦……」

淺海這句出乎意料的話語，讓我說不出話來。我不知道淺海為什麼會知道這件事，說到底她為什麼會沒事，我的腦中一片混亂。

「……我也以為自己死定了。可是一到醫院，我的發作就像平常一樣緩和了下來。在醫院休息一會兒以後媽媽就過來接我了。總覺得，讓你擔心不好意思耶。」

淺海跟我一樣露出了不解的表情，如此說道。

她剛說完，上課鐘聲就響了起來，我們兩人就這麼看著對方愣在原地不動。不過我先擦乾眼淚，然後轉身回到自己的座位。

雖然我不知道發生了什麼事，不過總而言之淺海還活著，我的心中逐漸充滿喜悅。我心頭一熱，低下頭去，努力忍住又要溢出的淚水。

沒多久，級任老師走進教室。他的表情很陰沉。

「好的，大家早安。嗯～～我想有些人已經知道了，昨天放學後，在學校附近，一名一年級的學生在意外事故中不幸去世了——」

教室陷入一片寂靜。我目瞪口呆的聆聽這樁出乎意料的噩耗。

級任老師表情凝重語氣平靜的解釋了意外事故的細節。去世的人是一名一年級的男學生，悲劇是在昨天放學的途中發生的。

去世的那名男學生是在放學後搭公車回家的。在他坐上公車幾分鐘後，司機突然病發失去意識，導致公車撞上中央分隔島並當場翻覆，造成十四人死傷，其中一名死者是我們學校的學生。

聽到這個消息，我當然感到心痛，卻也覺得有些不對勁。

那輛發生事故的公車、時間。仔細想想，本來我和淺海在那個時間點應該也會在那輛公車上。

昨天從早上就一直在下雨。我在下雨天通常會把自行車擱著不騎，改搭公車上下學。所以假如昨天我就繼續待在學校直到放學，離開學校的時候應該也會去坐公車，每天都搭公車上下學的淺海就更不用說了。

然而，我和淺海在那個時間，都在水族館。因為我約了淺海，她也過來赴約。

該不會就是因為這樣，我們才能夠避免死亡……嗎？

或許我們之所以註定會在同日死，其實是因為兩個人都搭上那輛公車的緣故……？

想到這裡一切就說得通了。我們沒有搭上那輛公車，所以才能夠避免死亡。除此之外，想不出其他結論。我閉上眼睛，為亡故的受害者默哀。

這一日我整天都心神不寧，無法平靜。即便下課鐘聲早就響了，但我一直沒辦法起身離開。

「崎本，這個、是放在我桌子裡的。」

我突然被人出聲叫住，轉過頭去，看到淺海手裡拿著一張紙。

「啊！」

「上面寫著有重要的事情要跟我說，我可以聽嗎？」

幾天前，我一大早就到學校，偷偷把信塞進淺海的桌子抽屜裡。我完全忘了這件事。

「呃，那個是……嗯……」

我瞬間汗如雨下。雖然我已經可以和淺海順暢交談，不過要將心意傳達出去還是一大挑戰。

當初把信塞進桌子抽屜的時候，我已經做好了面對死亡的心理準備，所以才能採取如此大膽的行動；可是現在的情況另當別論。我一面用手帕擦汗，一面思索要怎麼說才能夠脫身。

「啊，對不起。如果是不太方便說的事情也沒關係。」

淺海似乎有些過意不去，她在說完這句話以後便走出教室。

「等一下！」我站起身來把她叫住。

「……現在還不能說，不過總有一天一定會告訴妳。等我真的克服之後。」

我沒有說克服什麼事。我覺得就算不說也可以傳達我的意思。

「嗯！我會等的！」

淺海露出了無比燦爛的笑容，點了點頭。

汗水迅速止住，我放下心來坐回自己的椅子上。這是現在的我能夠做到的極限。

因為還沒辦法好好的看著對方眼睛說話，所以我不想在這種狀態下告白。

我整理好書包，也離開了教室，在校舍門口看到關川的身影。

「咦，你還在啊。」

「啊，嗯。我剛在體育館玩了一下。話說回來，你是不是說過什麼淺海死掉之類的事情？」

「啊啊，我是開玩笑的啦，開玩笑的。」

我拍了一下關川的背，換穿鞋子；然後我也向他說了一句「話說回來」。

「早上的時候，你不是說過有個什麼兩百日圓的情報之類的事情？」

我突然回想起這件事，想知道那項情報會是什麼，於是從錢包裡拿出兩百日圓交給他。關川也似乎剛回想起來，他露出了一個詭異的不正經笑容，湊到我耳邊這麼說。

「赤紅巖石……好像要重新開始活動了。」

「咦？」

「下次再一起去看演唱會吧。」

關川拍了我的肩膀好幾下，然後開心離去。淺海的情報總算是絕版了，而他也不知從什麼時候起持續擴展自己的「事業」。

回家之後我上網調查了一下，赤紅巖石在新年之後會照原定計劃由其餘的三名成員主流出道。有網路文章說，在龍嗣的家中發現了他創作的歌曲，將會在每年他的忌日當天發表。據說吉他手將由主唱翔也兼任，對此我在空無一人的房間裡喃喃自語：「太好了太好了」。

我又對著安放在房間一角的龍嗣的電吉他這麼說：「真好啊，龍嗣。」。

雖然曾經因為沒有時間而放棄過，但我決心要好好練習一下。

不久，第二學期的結業典禮就到了。在全校集會上，我們為去世的學生默哀，隨後就放寒假。

前幾天我買了新手機，忽然想到花音可能還以為我死了，於是傳送訊息給她。

我在深夜連發了大約三十張頭頂天使光環、滿臉笑容做出V字手勢的幽靈貼圖。

『咦？』

『等一下』

『好可怕』

『別鬧』

因為花音接連傳送回覆，於是我苦笑著向她說明了事情的經過。

我還向她坦白了淺海和我原本會同日死的事，以及我曾經有恐女症的狀況。

「真了不起……！我認為是因為愛的力量，你們兩人才得救了！」

愛的力量啊。我心想這種夢幻一般的見解的確很有花音的風格，不過我是這麼回覆的：『就當作是這樣吧』，接著就把手機關掉了。

隨後是第二天的聖誕夜。我從傍晚就開始燉煮牛肉濃湯。

「嗯，好吃。」

我確認味道並滿意的咋了下舌頭。爸爸出去買餐點和蛋糕，現在家裡只有我一個人。

爸爸從儲藏室裡拿出好幾年沒有擺出來的聖誕樹，為客廳增添鮮豔的色彩。昨天晚上我們一起裝飾，爸爸興奮得像個孩子一樣。

「我回來了～～」

「打擾了。」

當我燉好牛肉濃湯的時候，聽到玄關傳來爸爸和一位女性的聲音。我關掉火，出去迎接他們兩人。

「歡迎回來。還有……晚安。」

「晚安。好久不見了，阿光。啊，你穿上那件毛衣了。很好看很好看。」

「謝，謝謝您。」

她就是爸爸的交往對象，優子小姐。雖然有點不好意思，但今天我懷著歡迎之意，穿上了優子小姐在生日時送給我的毛衣。

拜淺海所賜，現在的我正逐漸克服恐女症，我和優子小姐一定可以相處得不錯。所以，今後我想要支持爸爸的幸福。

這場小規模的聖誕派對在大約兩小時後結束，優子小姐坐計程車回家了。

「謝謝你，阿光。」

「嗯？謝什麼？」

「呃就是說啊，謝謝你願意再跟優子小姐見面。」

平時不喝酒的爸爸為了配合優子小姐而喝了幾杯，整個臉紅通通的。

「啊啊，也還好。以後我們三個人可以再一起吃飯，或者一起出去玩。」

「阿光……」

當我拿著餐具到流理台的時候，爸爸從沙發上站起來，眼裡含著淚水看著我。

「……謝謝你啊。關於以前你媽媽的事，當時沒能把你保護好，對不起。」

看來我的爸爸是個愛哭鬼。他按著眼角，開始抽泣。他對優子小姐和我的關係相當煩惱，更一直為沒能保護我免受母親虐待而懊悔到今天。看到爸爸的淚水，我差點也跟著哭出來。

和優子小姐交談雖然還有些緊張，不過只要習慣的話，應該就沒問題了。

優子小姐和母親不一樣。儘管一直以來我都在逃避，但從現在起，我想要認真面對他們。

看著爸爸帶著沙啞聲音低聲說「對不起啊」的身影，我如此回答：「我才要道歉，一直以來都對不起」。

隨後到了聖誕節，也就是淺海的生日。

為了回送禮物給她，我邀請她來水族館。

稍微早到的我，開始擔心自己有沒有忘記東西，為了以防萬一，我又再次確認起背包裡面的東西。一只以聖誕色彩的風格精心包裝的袋子好好的放在裡頭。
兩天前，我一個人去了百貨公司，在煩惱了三個小時之後還是挑了一條圍巾。我聯絡關川詢問他知不知道淺海喜歡的顏色，他的回應是：『知道，不過非營業時間要加價喔』。
雖然得在三學期的時候支付三百日圓，不過也因此買到了淺海喜歡的白色圍巾。
「對不起！你等很久了嗎？」
淺海在約定時間的五分鐘前到了。今天她穿著一件聖誕節風格的紅色大衣。
「沒，完全沒有。那麼，我們走吧。」
我們在接待處前面排隊，輪到我們時，我從口袋裡拿出了門票。
「今天請讓我用這個進去。」
我把之前拿到的免費門票交給接待處的阿姨。淺海也在她的包包裡翻找了一下，拿出同樣的門票交給阿姨。
「是那個時候的免費門票啊！你們兩位又一起來了，我好高興。」
阿姨在門票上蓋章，我和淺海把它們接了過來。
「能在有效期限內用到它，真是太好了。」
我如此回應後，就走進館內。離開家門以前我傳送給淺海這樣一則訊息：『妳帶那張門票來吧』，結果淺海似乎跟我所見略同，她回了一句：『我也正好要傳訊息跟你說這個』。
即便一直以來我都把這張門票當作護身符隨身帶著走，不過應該可以讓它功成身退了吧？想不到竟然會在淺海的生日使用這門票，當初拿到這東西的時候，我完全沒有這樣的念頭。

我們先按照順序觀賞水族箱。要在什麼時候把禮物交給她呢？在前進的同時，心跳也不斷加速。

館內也擺設了聖誕樹，淺海抬頭仰望那棵巨大的樹。

我們走著把全館的水族箱都看過了一回，最後在環場水族箱前面的長椅上並排坐下。這已經成了一種慣例，我們沒分先後，自然而然地到那裡坐了下去。

「總覺得好奇妙。」

淺海抬頭呆望著眼前的水族箱好一會兒後，如此低聲說著。

「是啊。」

「怎麼說呢，畢竟我、真的以為會在那一天死去。如今崎本就這麼坐在我旁邊，而我則用平靜的心情觀賞美麗的水族箱，真的好奇妙。」

她說的那一天，應該就是她發作倒下的那一天。我知道那是她的死亡日期，但她應該不知道才對。或許她自己也經歷了跟預知死亡相當的痛苦。

「我也一樣。我以為淺海已經死了，超慌張的。可是，妳沒有死真是太好了。因為我希望妳以後也要一直活下去。」

話一說完，我的臉頰就開始發熱。因為剛剛說出來的這段話，聽起來就像是間接告白似的。

我偷偷看了一眼淺海的臉。她一直盯著我看，突然爆笑出聲。

「謝謝你，第一次有人直接跟我說這種話。如果這是你的希望，那我一定會努力活下去。」

淺海露出微笑，一行淚水從她的臉頰流下。那行清淚映照出水族箱的柔和光線，在我心中比世界上的任何事物都要美麗。

「其實，我也被預言會在那一天死。不過嘛，結果沒死就是了。」

害羞的我打算轉換話題，卻脫口說出了這樣一句話。

「咦？是這樣嗎？」

「嗯。我傳送訊息給Sensenmann，他有回覆，讓我知道了自己和妳的餘命。」

「原來不只是我啊。」淺海低聲這麼說。

「咦？」

在我反問後，淺海說「其實我也知道了」。聽起來淺海也向Sensenmann詢問過自己的餘命，以為會在那一天離世。

「那天原來是我們的死期……」

淺海用雙臂抱著自己的身體這麼說。

「嗯。可是，我們都活了下來。」

我和淺海，都沒有死。這就是一切。

「啊，對了這個，聖誕節禮物。」

淺海突然想起某件事，在她的包包中翻找，拿出一只精美包裝的紅色小袋子交給我。

「啊，謝謝。」

我完全忘了自己來這裡的目的。沒想到她也為我準備了禮物。我內心滿懷歉意和期待，將禮物打開，裡面是一雙雪花圖案的黑色手套。

「謝謝妳。」

我一邊說著，一邊試戴手套。大小剛好合適。

「嗯，很好看。崎本，你喜歡黑色對不對？」

「喜歡，可是妳怎麼會知道？」

淺海伸手把嘴捂住，彷彿表示自己失言了，過了一小段時間後，她才告訴我：

「其實，我是請關川告訴我的。而且，還是付費的。」

「咦，妳也？其實我也是——」

我告訴她，我也跟關川買她的情報，我們兩人笑成一團。沒想到我的情報也被關川賣給淺海，我只覺得既好氣又好笑。

「抱歉……這個。」

我從背包裡拿出給淺海的禮物，交到她手上。

「雖然把聖誕節和生日合在一起送有點不好意思，不過如果妳喜歡的話，請收下。我聽關川說妳喜歡白色。」

淺海一接過禮物眼睛就像孩子一樣閃閃發光，她一開封就立刻把圍巾圍在脖子上。

「哇！好暖和。謝謝崎本，好看嗎？」

「嗯，我覺得……好看。」

我低下頭傳達我的感想。淺海又說了一句「謝謝」，她摸著圍巾，眼睛瞇了起來。

看著她的身影，我忽然落淚。曾經滿心求死念頭的我，現在則打從心底希望和淺海一起活下去。一直為恐女症所苦，對生存缺乏積極性的我，因遇上淺海而得以改變。

回想起來，也許就是我以半開玩笑的心態傳送給Sensenmann的那一則訊息，改變了我們兩人的命運。那時的我完全沒想到，竟然會發展成這樣的結局。

沉默流逝片刻。我做好覺悟，說出那一天沒能對淺海說的話。

「我……我喜歡妳。和我……和我交往吧。」

我直視她的眼睛這麼說。

淺海張大眼睛回看著我。她的眼瞳逐漸溼潤，淚水滿溢。

「我也……喜歡你。」

淺海顫抖著聲音這麼說。我看見發光的顆粒從她淚濕的眼瞳中滑落，掉在地板上。

「真的嗎？」

我如此回問，淺海默默點頭。那一瞬間，我如釋重負，深深地吐了口氣。

巨大的水族箱進入我的視野。一大群日本鯷魚彷彿在祝福我們一般，燦爛地游來游去。

雖然我不知道淺海的病情今後會如何，不過不管發生什麼事，我都決心支持她。

「……活著真好。」

淺海將臉埋在圍巾中，小聲呢喃。她不停流淚，臉上的笑容洋溢幸福。

在她的背後，一群水母正在一片幻想光芒中輕盈游動。這些跟平時不同、染上了聖誕氣氛的水母生動活潑、燦爛閃耀，似乎在祝福我們。

之後又過了半年，淺海找到了捐贈者。我和淺海升上了高中三年級，但她的病情在春假以前就惡化了，她也不斷住院又出院。

隨後到了六月底，淺海接到一通電話。

對方詢問是否接受移植手術。淺海毫不猶豫的回答接受。

——如果這是你的希望，那我一定會努力活下去。

那時她在水族館對我說的話，並非虛言。

淺海動手術的前一天，我將一張相片列入附加檔案，並對Sensenmann傳送了一則訊息。雖然他曾經宣告退休，不過最近有許多流言繪聲繪影地表示他復活了。

我傳送過去的相片，是幾天前我在病房裡跟淺海的合照。

幾小時後我查看手機，已讀記號有出現，但Sensenmann沒有回覆。

——死神只會回覆他看得見壽命的人。

我繼續握著手機，安心的嘆了口氣。

後記

本作為全系列的第三本著作，對我個人來說，是我最喜歡的一篇故事。

主角崎本光這個少年在某些方面與學生時代的我很像，我是一面沉浸在懷舊之情一面創作的。

雖然還不到恐懼症的程度，不過當時的我不太擅長跟女性交談。我會流汗、面紅耳赤、說不出想要說的話。曾經有個像女主角淺海莉奈這樣沒在客氣的女學生，讓我很傷腦筋。

自始至終我都對崎本的言行感到共鳴，我一面支持他，一邊愉快的書寫下去。我在前作曾經無法順利下筆，執筆過程一直抱頭苦思，不過這回託主角跟自己很像的福，所以寫起來沒有那麼辛苦。

如今我總算出版第三本作品，感覺鬆了一口氣。原本我就不擅長寫大綱，在出版第二本作品之前，大綱總是寫不好，甚至一度讓我以為自己剛出道就要早早退休了。如今已經有第四本、第五本作品的計劃，看來我還可以再當一段時間的小說家。

讓我換一個話題吧。在書寫本作的過程中，一位對我而言非常親近的人亡故了。這個人在五年前因為腦部疾病倒下，此後一直處於昏迷狀態，不知道我開始寫小說，也不知道我成為了小說家。

我其實曾經想讓這個人第一個閱讀我的小說，而且我也很想讓這個人第一個知道我已經成為小說家。

因為醫師很早就宣告無法恢復意識，所以在我心中這個人於五年前的時候就已經等同死亡了。由於幾年前我就做好了心理準備，所以在聽到這個人去世的消息時，我還能夠保持冷靜，心想：「啊啊，這樣啊」。

然而，我果然還是希望聽到這個人對我的書的讀後感想，所以我把一本書連同鮮花一起放進了棺木中。

我相信這個人一定會在天堂讀我的書。雖然很遺憾沒辦法聽到感想，不過我感覺自己的心情稍微輕鬆了些。

我覺得，如果有朝一日在天堂重逢了，若是能問這個人一句「這本書怎麼樣？」就好了。

剛才提到本作是全系列的第三本著作，不過就算先把本作拿在手上開始閱讀也完全沒問題。然而，從第二本作品《餘命99天的我，遇到了看得見死亡的妳》開始看的讀者，對本書的內容應該會更覺得有意思。

特別是對本作結局還不能接受的讀者，我非常希望各位能去閱讀第二本作品。

感謝的話

我的責任編輯末吉先生。您總是給我精準的指正與建議，我每次都獲益良多。

本次也繪製美妙插圖的飴村老師。您將作品的世界觀以超乎預期的精妙方式融入封面，每回都讓我驚嘆不已。

在寫作期間我曾經多次前往水族館，我也要感謝各位願意回答細節問題的飼育員們。

此外感謝參與這部作品的所有人員，以及一直支持我的各位讀者，真的非常感謝您們。

雖然不知道下一本書會是『餘命』系列的篇章，還是另外一個故事，不過如果能夠繼續閱讀我的下一部作品，我會很高興的。我會繼續努力。

森田碧

参考文献

《最新クラゲ図鑑　110種のクラゲの不思議な生態》　三宅裕志・Dhugal J. Lindsay著（誠文堂新光社）
《不老不死のクラゲの秘密』　久保田信著（毎日新聞出版）
《職場体験完全ガイド　水族館の飼育員・盲導犬訓練士・トリマー・庭師》（ポプラ社）
《脳死・臓器移植Q&A50　ドナーの立場で"いのち"を考える》　山口研一郎監修　臓器移植法を問い直す市民ネットワーク編著（海鳴社）
《子どものトラウマがよくわかる本》　白川美也子監修（講談社）

國家圖書館出版品預行編目(CIP)資料

餘命88天的我,遇見了同日死亡的妳/森田碧著；K.K.譯. -- 初版. -- 臺北市：臺灣東販股份有限公司, 2024.08
230面；14.7 x 21公分

ISBN 978-626-379-506-8(平裝)

861.57 113009673

餘命88天的我，遇見了同日死亡的妳

2024年8月1日　初版第一刷發行

作　　者：森田碧
繪　　者：飴村
譯　　者：K.K.
編　　輯：魏紫庭
發 行 人：若森稔雄
發 行 所：台灣東販股份有限公司
地　　址：105台北市松山區南京東路4段130號2F-1
電　　話：(02)2577-8878
傳　　真：(02)2577-8896
郵撥帳號：14050494
總 經 銷：聯合發行股份有限公司
地　　址：新北市新店區寶橋路235巷6弄6號2樓
電　　話：(02)2917-8022
法律顧問：北辰著作權事務所蕭雄淋律師
電　　話：(02)2367-7575

TOHAN